ことばで聞く
古事記 上巻

「古事記に親しむ」より

佐久間靖之編集

青林堂

目次

ことばで聞く古事記「古事記に親しむ」より

まえがき

——素読《そどく》のおすすめ——

このCDは聴くためだけのものではありません。一緒に声を合わせて『古事記』の原文を素読《そどく》するためのものです。このCDを使って、ぜひグループで声に出して読み上げて下さい。

太古からのエネルギー、目に見えぬ大きな力が働らくように感じられます。日本中に『古事記』を素読する声がこだますれば、日本の心がよみがえって、力強い、住みよい国になることでしょう。

日本人にとって今、いちばん大切なことが『古事記』の中に書かれていることに気がついて、これを読み親しむことが日本の心を取り戻す一番の早道だと考えました。

戦後、『古事記』はGHQの占領政策やさまざまな思惑によって、教育の場から消されてしまいました。私たちは今日、物の時代から心の時代へと言われながら、心の指針がないままに迷っているのが現実ではないでしょうか。実は『古事記』の中にその指針があったのです。

古いものなどと一蹴《いっしゅう》せずに、原典の中から本質的なものを見つけ出して、今の世によみがえらせることが大事ではないでしょうか。

『古事記』は私たち共通のご祖先の物語りです。ここに登場する人間は、清く素直《すなお》で大らかで、心豊かに底抜けに明るく、しかも、したたかな力強さを持って生き抜く様《さま》が率直《そっちょく》な表現で描かれています。そしてその根底に流れているものは、ご祖先を崇敬《すうけい》する心です。ご祖先を敬《うやま》って、それを通じて神を崇《あが》め神様の心につながる。……神様の心と一体になって安心な生活を送っていたことでしょう。

このようなご祖先から生れ継がれて今日の自分があるのです。高度な精神性をもったご祖先から体と心を連綿と受け継いで、今日の自分があるのだと思うと、自分という存在の大きさ、大切さに気がつくことでしょう。

『古事記』を読むということは、その原文を読むということであって、そこから言葉の持つ響きとか、エネルギーを感じとることが出来ます。表現が簡潔、明快で時空間を超えたような描写がしばしば出てきますから、そこで理屈に合わないなどと思ってしまうと前に進めなくなってしまいます。書かれてある通りを素直《すなお》に受け止め、すべてを受《う》け容《い》れて、行間にある深い意味合いが感じとれるようになれば最高の読み方ということになるでしょう。何回も読み返したくなります。

そして『古事記』が持つ独特の語り口には、心地よいリズム感があります。これも声に出して読むことによってのみ伝わってくるものです。

さて、本書は、大人も子供も誰にでも読める『古事記』として意味を損ねない範囲で出来る限り新漢字にし、全て現代かなづかいに改めました。この作業は今まで慣れ親しんできた『古事記』のカタチを捨てるような気がして、なかなか抵抗のある、思い切りの要る仕事でした。趣を損ねるとお叱りの向きもあるかと思いますが、主旨をご理解の上、ご寛容ください。

また、この本のもう一つの特徴は、現在やゝもすると軽視されがちな敬語を大切なものとして扱ったことです。丁寧な言葉は声に出すと、安心な響きを相手に与えるものです。敬語は元来、日本人の言語文化のレベルが高かったこと、精神性の高かったことがうかがえるものです。

古事記とは

―はじめて古事記に接する方のために―

『古事記』は日本の国の成り立ちを、宇宙のはじまりから書き起こした物語りです。おおらかで、明るく、清い心で、力強く生き抜いた、私たち共通のご祖先の物語りです。声に出して読むことによって、それを感じとってください。

昔話として親しまれてきた「あまのいわと」や「やまたのおろち」「いなばのしろうさぎ」「うみさちやまさち」そして「やまとたけるのみこと」「たじまもり」などの物語りは、すべて、日本最古の古典『古事記』の中に語られたお話です。

昔、日本にまだ文字がなかった頃、〝語部《かたりべ》〟という仕事の役人が居て、中央や地方での大切な出来事などを記憶し、これを親から子に、子から孫に語り伝えていたのです。そして宮廷《きゅうてい》の儀式の時など、必要な時にその〝語部〟を召して古事《こじ》（むかしのこと）を聞くという風習でありました。

それを西暦七一二年（和銅五年）、〝語部《かたりべ》〟の稗田阿礼《ひえだのあれ》が語る物語りを太安万侶《おおのやすまろ》が文字にしたのが『古事記』です。そこには大昔の日本人が使っていた言葉がそのままに書かれています。これをやまとことばと言います。

太古から、口づてに伝承された「ものがたり」が先にあって、後の世に本になったのが『古事記』です。だから、声に出して読むと、なお更その妙味を感じとることができるというものです。

『古事記』には、いわゆる神話の部分と歴史的部分とが、混じりあって、文学性豊かに、おおらかに描かれています。だからあまり理詰《りづ》めで読まず、ひとつひとつの言葉の意味にもとらわれず、どんどん読み進めることが大切です。自然と共に生きた古代人になったつもりで、書かれていることの全てを受け容れて読むと楽しさ百倍です。

そして大自然の偉大な作用に目を向けることができるようになれば、それ以上のことはないと言えるでしょう。

一三〇〇年前にできた『古事記』は、すべて漢字で書かれていましたので、時代を経ると誰も読めなくなっておりました。そこで江戸時代の学者、本居宣長《もとおりのりなが》（一七三〇〜一八〇一）が三十有余年の年月をかけて、『古事記伝』を著わしたのがもとになって、今も読めるようになったのです。古代のご祖先が使っていた言葉を、今の私たちが読んで意味がわかるということだけでも感動です。

それでは漢字だけでどのように書かれていたのでしょう。〔その一例〕

〈あめつちのはじめ〉から

天地初発之時　於高天原成神名　天之御中主神〔訓高下天云阿麻　下効此〕次高御産巣日神　次神産巣日神　此三柱神者並独神成坐而　隠身也

〈あまのいわと〉から

故於是天照大御神見畏　閉天石屋戸而刺許母理〔此三字以音〕坐也　爾高天原皆暗　葦原中國悉闇　因此而常夜往　於是萬神之聲者狭蠅那須〔此二字以音〕満　萬妖悉發

〈やまたのおろち〉から
爾作御歌　其歌曰　　夜久毛多都　伊豆毛夜弊賀岐　都麻碁微爾
夜弊賀岐都久流　曾能夜弊賀岐袁

〈やまとたけるのみこと〉から
到能煩野之時　思國以歌曰　　夜麻登波　久爾能麻本呂婆　多々那豆久
阿袁加岐　夜麻碁母禮流　夜麻登志宇流波斯

本書刊行にあたり、日本文化興隆財団事務局長、佐久間宏和様の絶大なるご支援をいただいたこと望外の喜びです。心より感謝申し上げます。

本ＣＤを活用して、全国的に『古事記』に親しんでいただければ幸いです。

平成二十三年十二月二日　『古事記』成立一三〇〇年を目前に

古事記に親しむ会　代表　佐久間靖之

古事記《こじき》　序《じょ》

臣安万侶《しんやすまろ》言《まを》す。夫《そ》れ混元《こんげん》すでに凝《こ》り、気象《きしょう》未《いま》だ効《あら》われず、名《な》も無《な》く為《わざ》も無《な》し。誰《たれ》かその形《かたち》を知《し》らむ。しかれども乾坤《けんこん》初《はじ》めて分《わか》れ、三神造化《さんしんぞうか》の首《はじめ》と作《な》り、陰陽《いんよう》ここに開《ひら》けて、二霊群品《にれいぐんぴん》の祖《おや》となれり。所以《このゆえ》に幽顕《ゆうけん》に出入《でいり》して、日月目《じつげつめ》を洗《あら》うに彰《あら》われ、海水《かいすい》に浮沈《ふちん》して、神祇《しんぎ》身《み》を滌《そそ》ぐに呈《あら》わる。かれ、太素《たいそ》は杳冥《ようめい》なれども、本教《ほんきょう》に因《よ》りて土《くに》を孕《はら》み島《しま》を産《う》みたまいし時《とき》を識《し》り、元始《げんし》は綿邈《めんばく》なれども、先聖《せんせい》に頼《よ》りて神《かみ》を生《う》み人《ひと》を立《た》てたまいし世《よ》を察《あき》らかにす。寔《まこと》に知《し》る、鏡《かがみ》を懸《か》け珠《たま》を吐《は》きて百王相続《ひゃくおうあいつ》ぎ、剣《つるぎ》を喫《か》み蛇《おろち》を切《き》りて、万神蕃息《ばんしんはんそく》せることを。安《やす》の河《かわ》に議《はか》りて天下《あめのした》を平《ことむ》け、小浜《おばま》に論《あげつら》いて国土《くに》を清《きよ》めき。

ここをもちて、番仁岐命《ほのににぎのみこと》初《はじ》めて高千《たかちほ》の嶺《たけ》に降《くだ》りたまい、神倭《かむやまと》の天皇《すめらみこと》、秋津島《あきつしま》に経《へ》歴《めぐ》りたもう。化熊爪《かゆうつめ》を出《だ》し、天剣《てんけん》を高倉《たかくらじ》に獲《え》、生尾径《せいびみち》を遮《さえぎ》り、大烏吉野《たいうよしの》に導《みちび》けり。舞《まい》を列《つら》ねて賊《ぞく》を攘《はら》い、歌《うた》を聞《き》きて仇《あた》を伏《まつろ》わしむ。すなわち、夢《いめ》に覚《さと》りて神祇《しんぎ》を敬《うやま》いたもう。このゆえに賢后《けんこう》と称《もう》せり。烟《けぶり》を望《のぞ》みて黎元《れいげん》を撫《な》でたもう。今《いま》に聖帝《せいてい》と伝《つた》う。境《さかい》を定《さだ》め邦《くに》を開《ひら》きて、近《ちか》つ淡海《おうみ》に制《おさ》めたまい、姓《かばね》を正《ただ》し氏《うじ》を撰《えら》びて、遠《とお》つ飛鳥《あすか》に勒《おさ》めたもう。歩《ほ》驟《しゅう》各々《おのおの》異《こと》に、文質《ぶんしつ》同《おな》じからずと雖《いえど》も、古《いにしえ》を稽《かんが》えてもって風猷《ふうゆう》をすでに頽《すた》れたるに縄《ただ》し、今《いま》に照《て》らしてもって典教《てんきょう》を絶《た》えんとするに補《おぎな》わずということ莫《な》し。

飛鳥《あすか》の清原《きよみはら》の大宮《おおみや》に大八洲《おおやしま》御《しろ》しめしし天皇《すめらみこと》の御世《みよ》に曁《およ》びて、潜龍《せんりょう》元《げん》を体《たい》し、洊雷《せんらい》期《き》に応《おう》ず。夢《いめ》の歌《うた》を聞《き》きて業《あまつひつぎ》を纂《つ》がんことを想《おも》い、夜《よ》の水《かわ》に投《いた》りて基《もとい》を承《う》けんことを知《し》りたまいき。然《しか》れども天《てん》の時《とき》未《いま》だ臻《いた》らず、南山《なんざん》に蝉《せみ》のごとく蛻《ぬ》けたまい、人事《じんじ》共《とも》に洽《あまね》くして、東国《とうごく》に虎《とら》のごとく歩《あゆ》みたまいき。皇輿《こうよ》忽《たちま》ち駕《が》して山川《さんせん》を凌《こ》え渡《わた》り、六師《りくし》雷《いかづち》のごとく震《ふる》い、三軍《さんぐん》電《いなずま》のごとく逝《ゆ》く。杖矛《じょうぼう》威《いきおい》を挙《あ》げて、猛士《もうし》烟《けぶり》のごとく起《おこ》り、絳《こう》旗《き》兵《つわもの》を耀《かがや》かして、凶徒《きょうと》瓦《かわら》のごとく解《と》けぬ。未《いま》だ浹辰《しょうしん》を移《うつ》さずして気沴《きれい》自《おの》ずから清《きよ》まりぬ。すなわち牛《うし》を放《はな》ち馬《ンま》を息《いこ》えて、愷悌《がいてい》して華夏《かか》に帰《かえ》り、旌《はた》を巻《ま》き戈《ほこ》をおさめて、舞《ぶ》詠《えい》して都邑《とゆう》に停《とど》まり給《たも》う。

歳《ほし》大梁《たいりょう》に次《やど》り、月《つき》夾鐘《きょうしょう》に踵《あた》りて、清原《きよみはら》の大宮《おおみや》に昇《のぼ》りて天位《あまつみくらい》に即《つ》きたまいき。道《みち》は軒后《けんこう》に軼《す》ぎ、徳《とく》は周王《しゅうおう》に跨《こ》えたもう。乾符《けんぷ》を握《と》りて六合《りくごう》を総《す》べ、天統《てんとう》を得《え》て八荒《はっこう》を包《か》ね、二気《にき》の正《ただ》しきに乗《じょう》じて五行《ごぎょう》の序《ついで》を齊《ととの》え、神理《しんり》を設《ま》けて、もって俗《ならわし》を奨《すす》め、英《えい》風《ふう》を敷《し》きてもって国《くに》を弘《ひろ》めたもう。重《しかのみなら》ず、智海《ちかい》は浩汗《こうかん》として潭《ふか》く上古《じょうこ》を探《さぐ》り、心《しん》鏡《きょう》は煒煌《いこう》として明《あき》らかに先代《せんだい》を観《み》たまいき。

ここに、天皇《すめらみこと》詔《みことのり》したまわく「朕《われ》聞《き》く、諸家《しょか》の賷《も》たる帝紀《ていき》および本辞《ほんじ》、すでに正《せい》実《じつ》に違《たが》い、多《おお》く虚偽《きょぎ》を加《くわ》うと。今《いま》の時《とき》に当《あた》りて、その失《あやまり》を改《あらた》めずば、未《いま》だ幾年《いくとせ》を経《へ》ずして、その旨《むね》滅《ほろ》びんとす。これすなわち邦家《ほうけ》の経緯《けいい》、王化《おうか》の鴻基《こうき》なり。かれ、これ帝紀《ていき》を撰録《せんろく》し、旧辞《きゅうじ》を討覈《とうかく》し、偽《いつわり》を削《けず》り実《まこと》を定《さだ》めて、後葉《のちのよ》に流《つた》えんと欲《おも》う」とのたもう。時《とき》に舎人《とねり》あり、姓《うじ》は稗田《ひえだ》、名《な》は阿礼《あれ》、年《とし》はこれ廿八《にじゅうはち》。人《ひと》となり聡明《そうめい》にして、目《め》に度《わた》れば口《くち》に誦《よ》み、耳《みみ》に払《ふ》るれば心《こころ》に勒《しる》す。すなわち阿礼《あれ》に勅語《みことのり》して、帝皇《すめらみこと》の日継《ひつぎ》および先代《せんだい》の旧辞《きゅうじ》を誦《よ》み習《なら》わしめたまいき。然《しか》れども運移《ときうつ》り世異《よかわ》りて、未《いま》だその事《こと》を行《おこな》いたまわざりき。

伏《ふ》して惟《おも》うに、皇帝陛下《こうていへいか》、一《いち》を得《え》て光宅《こうたく》し、三《さん》に通《つう》じて亭育《ていいく》したもう。紫宸《ししん》に御《ぎょ》して徳《とく》は馬《ンま》の蹄《つめ》の極《きわ》まる所《ところ》に被《こうむ》り、玄扈《げんこ》に坐《ざ》して化《か》は船《ふね》の頭《へ》の逮《およ》ぶ所《ところ》を照《て》らしたもう。日浮《ひう》かびて暉《ひかり》を重《かさ》ね、雲散《くもち》りて烟《けぶり》に非《あら》ず。柯《えだ》を連《つら》ね穂《ほ》を并《あわ》すの瑞《しるし》、史書《ふみしる》すことを絶《た》たず。烽《ほう》を列《つら》ね訳《おさ》を重《かさ》ぬるの貢《みつぎ》、府《ふ》空《むな》しき月《つき》無《な》し。名《な》は文命《ぶんめい》よりも高《たか》く、徳《とく》は天乙《てんいつ》にも冠《まさ》りたもうと謂《い》いつ可《べ》し。

ここに旧辞《きゅうじ》の誤《あやま》り忤《たが》えるを惜《お》しみ、先紀《せんき》の謬《あやま》り錯《まじ》れるを正《ただ》さんとして、和銅四年《わどうよねん》九月十八日《がつじゅうはちにち》、臣安万侶《しんやすまろ》に詔《みことのり》して、稗田《ひえだ》の阿礼《あれ》が誦《よ》む所《ところ》の勅語《みことのり》の旧辞《きゅうじ》を撰録《せんろく》してもって献上《けんじょう》せよとのたまえり。謹《つつし》みて詔旨《おおみこと》に随《したが》い、子細《しさい》に採《と》り摭《ひり》いぬ。

然《しか》れども、上古《じょうこ》の時《とき》、言意《ことばこころ》並《なら》びに朴《すなお》にして、文《ぶん》を敷《し》き句《く》を構《かま》うること、字《じ》に於《お》いてはすなわち難《かた》し。已《すで》に訓《くん》に因《よ》りて述《の》ぶれば、詞心《ことばこころ》に逮《およ》ばず。全《まった》く音《おん》をもって連《つら》ぬれば、事《こと》の趣《おもむき》更《さら》に長《なが》し。ここをもって今《いま》、或《ある》いは一句《いっく》の中《なか》に音訓《おんくん》を交《まじ》え用《もち》い、或《ある》いは一事《いちじ》の内《うち》に全《まった》く訓《くん》をもって録《しる》せり。すなわち辞理《じり》の見《み》え難《がた》きは注《ちゅう》をもって明《あき》らかにし、意況《いきょう》の解《かい》し易《やす》きは更《さら》に注《ちゅう》せず。また、姓《うじ》の日下《くさか》に玖沙訶《くさか》と謂《い》い、名《な》の帯《たらし》に多羅斯《たらし》と謂《い》う。此《かく》の如《ごと》き類《たぐい》は、本《もと》に随《したが》いて改《あらた》めず。

おおよそ記《しる》せる所《ところ》は、天地《あめつち》の開闢《かいびゃく》より始《はじ》めて、もって小治田《おはりだ》の御世《みよ》に訖《およ》べり。かれ、天之御中主神《あめのみなかぬしのかみ》より以下《しも》、日子波限建鵜草葺不合命《ひこなぎさたけうがやふきあえずのみこと》より以前《さき》を上《うえ》つ巻《まき》となし、神倭伊波礼毘古天皇《かむやまといわれびこのすめらみこと》より以下《しも》、品陀《ほんだ》の御世《みよ》より以前《さき》を中《なか》つ巻《まき》となし、大雀皇帝《おおさざぎのみかど》より以《し》下《も》、小治田《おはりだ》の大宮《おおみや》より以前《さき》を下《しも》つ巻《まき》となし、并《あわ》せて三巻《さんがん》を録《しる》して、謹《つつし》みてもって献上《けんじょう》す。

臣《しん》　安万侶《やすまろ》　誠惶誠恐《せいこうせいきょう》、頓首頓首《とんしゅとんしゅ》。

和銅五年正月廿八日《わどうごねんしょうがつにじゅうはちにち》

正五位上勲五等《しょうごいのじょうくんごとう》　太朝臣《おおのあそみ》　安万侶《やすまろ》　謹上《つつしみてたてまつる》。

古事記《こじき》　上巻《じょうかん》

天之御中主神《あめのみなかぬしのかみ》と神々《かみがみ》

〈天地《あめつち》のはじめ〉

天地《あめつち》の初発《はじめ》の時《とき》、高天原《たかあまはら》になりませる神《かみ》の名《みな》〔御名〕は、天之御中主神《あめのみなかぬしのかみ》。〔訓二高下天一云二阿麻一。下効レ此。〕つぎに高御産巣日神《たかみむすひのかみ》。つぎに神産巣日神《かむむすひのかみ》。この三柱《みはしら》の神《かみ》はみな独《ひと》り神《がみ》成《な》り坐《ま》して、身《みみ》〔御身〕を隠《かく》したまいき。

つぎに国稚《くにわか》く浮脂《うきあぶら》のごとくして、久羅下《くらげ》なすただよえる時《とき》に、葦牙《あしかび》のごと、萌《も》え騰《あが》るものに因《よ》りて成《な》りませる神《かみ》の名《みな》は、宇麻志阿斯訶備比古遅神《うましあしかびひこぢのかみ》。つぎに天之常立神《あめのとこたちのかみ》。この二柱《ふたはしら》の神《かみ》もみな独《ひと》り神《がみ》なりまして、身《みみ》を隠《かく》したまいき。

上《かみ》の件《くだり》、五柱《いつはしら》の神《かみ》は別天《ことあま》つ神《かみ》。

つぎに成《な》りませる神《かみ》の名《みな》〔御名〕は、国之常立神《くにのとこたちのかみ》。つぎに豊雲野神《とよくもぬのかみ》。この二柱《ふたはしら》の神《かみ》も独《ひと》り神《がみ》成《な》りまして、身《みみ》〔御身〕を隠《かく》したまいき。つぎに成《な》りませる神《かみ》の名《みな》は、宇比地邇神《うひぢにのかみ》。つぎに妹《いも》須比智邇神《すひぢにのかみ》。つぎに角杙神《つのぐいのかみ》。つぎに妹活杙神《いもいくぐいのかみ》。〔二柱《ふたはしら》〕つぎに意富斗能地神《おおとのぢのかみ》。つぎに妹大斗乃弁神《いもおおとのべのかみ》。つぎに於母陀流神《おもだるのかみ》。つぎに妹阿夜訶志古泥神《いもあやかしこねのかみ》。つぎに伊邪那岐神《いざなきのかみ》。つぎに妹伊邪那美神《いもいざなみのかみ》。

上《かみ》の件《くだり》、国之常立神《くにのとこたちのかみ》より以下《しも》、伊邪那美神《いざなみのかみ》以前《まで》を并《あわ》せて、神世七代《かみよななよ》と称《もう》す。〔上《かみ》の二柱《ふたはしら》の独《ひと》り神《がみ》は、各々《おのおの》一代《ひとよ》と云《もう》す。つぎに双《なら》びます十神《とはしら》は、各々《おのおの》二《ふた》神《はしら》を合《あわ》せて一代《ひとよ》ともうす〕。

伊邪那岐命《いざなきのみこと》と伊邪那美命《いざなみのみこと》

〈おのごろ島《しま》〉

ここに天《あま》つ神《かみ》、諸々《もろもろ》の命《みこと》もちて、伊邪那岐命《いざなきのみこと》・伊邪那美命《いざなみのみこと》二柱《ふたはしら》の神《かみ》に「このただよえる国《くに》を修《つく》り理《おさ》め固《かた》め成《な》せ」と詔《の》りごちて、天沼矛《あめのぬぼこ》を賜《たま》いて、言依《ことよ》さし賜《たま》いき。かれ、二柱《ふたはしら》の神《かみ》、天《あめ》の浮橋《うきはし》に立《た》たして、その沼矛《ぬぼこ》を指《さ》し下《お》ろして画《か》きたまえば、塩《しお》こおろこおろに画《か》き鳴《な》して引《ひ》き上《あ》げたもう時《とき》、その矛《ほこ》の末《さき》より垂《したた》り落《お》つる塩《しお》、累《かさ》なり積《つも》りて島《しま》となる。これ淤能碁呂島《おのごろしま》なり。〔自レ淤以下四字以レ音〕

その島《しま》に天降《あも》りまして天之御柱《あめのみはしら》を見立《みた》て、八尋殿《やひろどの》を見立《みた》てたまいき。ここに、その妹《いも》伊邪那美命《いざなみのみこと》に「汝《な》が身《み》は如何《いか》になれる」と問《と》いたまえば「吾《あ》が身《み》は成《な》り成《な》りて成《な》り合《あ》わざるところ一処《ひとところ》あり」と答《こた》えたまいき。ここに伊邪那岐命《いざなきのみこと》詔《の》りたまわく「吾《あ》が身《み》は成《な》り成《な》りて成《な》り余《あま》れるところ一処《ひとところ》あり。かれ、この吾《あ》が身《み》の成《な》り余《あま》れる処《ところ》を、汝《な》が身《み》の成《な》り合《あ》わざる処《ところ》に刺《さ》し塞《ふた》ぎて、国土《くに》を生《う》み成《な》さんとおもう。生《う》むこと奈何《いか》に」と詔《の》りたまえば、伊邪那美命《いざなみのみこと》「しか善《よ》けむ《ン》」と答《こた》えたまいき。ここに伊邪那岐命《いざなきのみこと》「然《しか》らば、吾《あ》と汝《な》とこの天之御柱《あめのみはしら》を行《ゆ》き廻《めぐ》り逢《あ》いて、みとのまぐわいせむ《ン》」と詔《の》りたまいき。かく期《ちぎ》りてすなわち「汝《な》は右《みぎり》より廻《めぐ》り逢《あ》え。我《あ》は左《ひだり》より廻《めぐ》り逢《あ》わむ《ン》」と詔《の》りたまい、約《ちぎ》り竟《お》えて廻《めぐ》ります時《とき》、伊邪那美命先《いざなみのみことさき》に「あなにやし、愛《え》おとこを」と言《の》りたまい、後《のち》に伊邪那岐命《いざなきのみこと》「阿那爾夜志《あなにやし》、愛袁登売袁《えおとめを》」と言《の》りたまいき。

各々《おのもおのも》言《の》り竟《お》えて後《のち》、その妹《いも》に「女人先《おみなさき》に言《い》えるは良《よ》からず」と告《の》りたまいき。然《しか》れども、くみどに興《おこ》して子《みこ》〔御身〕水蛭子《ひるこ》を生《う》みたまいき。この子《みこ》は葦船《あしぶね》に入《い》れて流《なが》し去《う》てき。

つぎに淡島《あわしま》を生《う》みたまいき。これもまた子《みこ》の例《かず》に入《い》らず。

〈国《くに》生《う》み〉

ここに二柱《ふたはしら》の神《かみ》、議《はか》りたまいて「今吾《いまあ》が生《う》める子《みこ》良《よ》からず。なお天《あま》つ神《かみ》の御所《みもと》に白《もう》すべし」とのりたまいて、すなわち共《とも》に参上《まいのぼ》りて天《あま》つ神《かみ》の命《みこと》を請《こ》いたまいき。ここに天《あま》つ神《かみ》の命《みこと》もちて、布斗麻邇《ふとまに》に卜相《うら》えて詔《の》りたまいつらく「女《おみな》の言先《ことさき》だちしに因《よ》りて良《よ》からず。また還《かえ》り降《くだ》りて改《あらた》め言《い》え」とのりたまいき。かれ、ここに返《かえ》り降《くだ》りて、更《さら》にその天之御柱《あめのみはしら》を先《さき》のごとく往《ゆ》き廻《めぐ》りたまいき。ここに、伊邪那岐命《いざなきのみこと》先《さき》に「あなにやしえおとめを」と言《の》りたまい、後《のち》に妹伊邪那美命《いもいざなみのみこと》「あなにやしえおとこを」と言《の》りたまいき。

かく言《の》り竟《お》えて、御合《みあい》して生《う》みたまいし子《みこ》は淡道之穂之狭別島《あわじのほのさわけのしま》。つぎに伊予《いよ》の二名《ふたなの》島《しま》を生《う》みたまいき。この島《しま》は身《み》一《ひと》つにして面《おも》四《よ》つ有《あ》り。面毎《おもごと》に名《な》あり。かれ、伊予国《いよのくに》を愛比売《えひめ》と言《い》い、讃岐国《さぬきのくに》を飯依比古《いいよりひこ》と言《い》い、粟国《あわのくに》を大宜都比売《おおげつひめ》と言《い》い、土左国《とさのくに》を建依別《たけよりわけ》と言《い》う。つぎに隠伎《おき》の三子島《みつごのしま》を生《う》みたまいき。またの名《な》は天之忍許呂別《あめのおしころわけ》。つぎに筑紫島《つくしのしま》を生《う》みたまいき。この島《しま》も身《み》一《ひと》つにして面《おも》四《よ》つあり、面毎《おもごと》に名《な》あり。かれ、筑紫国《つくしのくに》を白《しら》日別《ひわけ》と言《い》い、豊国《とよのくに》を豊日別《とよひわけ》と言《い》い、肥国《ひのくに》を建日向日豊久士比泥別《たけひむかひとよくじひねわけ》と言《い》い、熊曽国《くまそのくに》を建《たけ》日別《ひわけ》と言《い》う。つぎに伊伎島《いきのしま》を生《う》みたまいき。またの名《な》は天比登都柱《あめひとつばしら》と言《い》う。つぎに津《つ》島《しま》を生《う》みたまいき。またの名《な》は天之狭手依比売《あめのさでよりひめ》と言《い》う。つぎに佐度島《さどのしま》を生《う》みたまいき。つぎに大倭豊秋津島《おおやまととよあきつしま》を生《う》みたまいき。またの名《な》は天御虚空豊秋津根別《あまつみそらとよあきつねわけ》と言《い》う。かれ、この八島《やしま》を先《さき》に生《う》みませるに因《よ》りて大八島国《おおやしまのくに》と言《い》う。

然《しか》る後《のち》に還《かえ》ります時《とき》、吉備児島《きびのこじま》を生《う》みたまいき。またの名《な》は建日方別《たけひかたわけ》と言《い》う。つぎに小豆島《あずきしま》を生《う》みたまいき。またの名《な》は大野手比売《おおぬでひめ》と言《い》う。つぎに大島《おおしま》を生《う》みたまいき。またの名《な》は大多麻流別《おおたまるわけ》と言《い》う。つぎに女島《ひめじま》を生《う》みたまいき。またの名《な》は天一根《あめひとつね》と言《い》う。つぎに知訶島《ちかのしま》を生《う》みたまいき。またの名《な》は天之忍男《あめのおしお》と言《い》う。つぎに両児島《ふたごのしま》を生《う》みたまいき。またの名《な》は天両屋《あめふたや》と言《い》う〔吉備児島《きびのこじま》より天両屋《あめふたや》まで并《あわ》せて六島《むしま》〕。

〈神々《かみがみ》の誕生《たんじょう》〉

すでに国《くに》を生《う》み竟《お》えて、更《さら》に神《かみ》を生《う》みましき。かれ、生《う》みませる神《かみ》の名《な》は大事忍男《おおことおしおの》神《かみ》。つぎに石土毘古神《いわつちびこのかみ》を生《う》みまし、つぎに石巣比売神《いわすひめのかみ》を生《う》みまし、つぎに大戸日別神《おおとひわけのかみ》を生《う》みまし、つぎに天之吹男神《あめのふきおのかみ》を生《う》みまし、つぎに大屋毘古神《おおやびこのかみ》を生《う》みまし、つぎに風木《かざも》津別之忍男神《つわけのおしおのかみ》を生《う》みまし、つぎに海《わた》の神《かみ》、名《みな》は大綿津見神《おおわたつみのかみ》を生《う》みまし、つぎに水戸《みなと》の神《かみ》、名《みな》は速秋津日子神《はやあきつひこのかみ》、つぎに妹速秋津比売神《いもはやあきつひめのかみ》を生《う》みましき〔大事忍男神《おおことおしおのかみ》より秋津比売《あきつひめの》神《かみ》まで并《あわ》せて十神《とはしら》〕。

この速秋津日子《はやあきつひこ》・速秋津比売《はやあきつひめ》　二神《ふたはしらのかみ》、河海《かわうみ》に因《よ》りて持《も》ち別《わ》けて生《う》みませる神《かみ》の名《みな》は沫那芸神《あわなぎのかみ》、つぎに沫那美神《あわなみのかみ》。つぎに頬那芸神《つらなぎのかみ》、つぎに頬那美神《つらなみのかみ》。つぎに天之水分神《あめのみくまりのかみ》、つぎに国之水分神《くにのみくまりのかみ》。つぎに天之久比奢母智神《あめのくひざもちのかみ》、つぎに国之久比奢母智神《くにのくひざもちのかみ》〔沫那芸神《あわなぎのかみ》より国之久比奢母智神《くにのくひざもちのかみ》まで并《あわ》せて八神《やはしら》〕。

つぎに風《かぜ》の神《かみ》、名《みな》は志那都比古神《しなつひこのかみ》を生《う》みまし、つぎに木《き》の神《かみ》、名《みな》は久久能智神《くくのちのかみ》を生《う》みまし、つぎに山《やま》の神《かみ》、名《みな》は大山津見神《おおやまつみのかみ》を生《う》みまし、つぎに野《ぬ》の神《かみ》、名《みな》は鹿屋野比売神《かやぬひめのかみ》を生《う》みましき。またの名《みな》は野椎神《ぬづちのかみ》と言《もう》す〔志那都比古神《しなつひこのかみ》より野椎《ぬづち》まで并《あわ》せて四神《よはしら》〕。この大山津見神《おおやまつみのかみ》・野椎神《ぬづちのかみ》の二神《ふたはしら》、山野《やまぬ》によりて持《も》ち別《わ》けて生《う》みませる神《かみ》の名《みな》は天之狭《あめのさ》土神《づちのかみ》、つぎに国之狭土神《くにのさづちのかみ》。つぎに天之狭霧神《あめのさぎりのかみ》、つぎに国之狭霧神《くにのさぎりのかみ》。つぎに天之闇戸《あめのくらどの》神《かみ》、つぎに国之闇戸神《くにのくらどのかみ》。つぎに大戸惑子神《おおとまといこのかみ》、つぎに大戸惑女神《おおとまといめのかみ》〔天之狭土神《あめのさづちのかみ》より大《おお》戸惑女神《とまといめのかみ》まで并《あわ》せて八神《やはしら》ます〕。

つぎに生《う》みませる神《かみ》の名《みな》は鳥之石楠船神《とりのいわくすふねのかみ》、またの名《みな》は天鳥船《あめのとりふね》と言《もう》す。つぎに大宣都《おおげつ》比売神《ひめのかみ》、つぎに火之夜芸速男神《ひのやぎはやおのかみ》を生《う》みましき。またの名《みな》を火之炫毘古神《ひのかがびこのかみ》と言《もう》し、またの名《みな》は火之迦具土神《ひのかぐつちのかみ》と言《もう》す。この子《みこ》を生《う》みますに因《よ》りて美蕃登《みほと》炙《や》かえて病《や》み臥《こや》せり。

たぐりに生《な》りませる神《かみ》の名《みな》は金山毘古神《かなやまびこのかみ》、つぎに金山毘売神《かなやまびめのかみ》。つぎに屎《くそ》に成《な》りませる神《かみ》の名《みな》は波邇夜須毘古神《はにやすびこのかみ》、つぎに波邇夜須毘売神《はにやすびめのかみ》。つぎに尿《ゆまり》に成《な》りませる神《かみ》の名《みな》は弥都《みづ》波能売神《はのめのかみ》。つぎに和久産巣日神《わくむすひのかみ》。この神《かみ》の子《みこ》を豊宇気毘売神《とようけびめのかみ》と言《もう》す。かれ、伊邪那美神《いざなみのかみ》は火《ひ》の神《かみ》を生《う》みませるに因《よ》りて遂《つい》に神避《かむさ》りましぬ〔天鳥船《あめのとりふね》より豊宇気毘売神《とようけびめのかみ》まで并《あわ》せて八柱《やはしら》ましますす〕。

すべて伊邪那岐《いざなき》・伊邪那美《いざなみ》二神《ふたはしら》、共《とも》に生《う》みませる島《しま》は壱拾肆島《とおまりよしま》。神《かみ》は参拾伍神《みそじまりいつはしら》〔こは、伊邪那美神《いざなみのかみ》、神避《かむさ》ります以前《さき》に生《う》みませり。ただ、おのごろ島《しま》は生《う》みませるに非《あら》ず。また、蛭子《ひるこ》と淡島《あわしま》とは子《みこ》の例《かず》に入《い》らず〕。

黄泉《よみ》の国《くに》

〈火《ひ》の神《かみ》、迦具土神《かぐつちのかみ》〉

かれ、ここに伊邪那岐命《いざなきのみこと》の詔《の》りたまわく「愛《うつく》しき我《あ》が那邇妹命《なにものみこと》や。子《みこ》の一木《ひとつけ》に易《か》えつるかも」と言《の》りたまいて、すなわち御枕方《みまくらべ》にはらばい、御足方《みあとべ》に匍匐《はらば》いて哭《な》きたもう時《とき》に、御涙《みなみだ》に成《な》りませる神《かみ》は、香山《かぐやま》の畝尾《うねお》の木《こ》の本《もと》に坐《ま》す、名《みな》は泣沢女神《なきさわめのかみ》。かれ、その神避《かむさ》りましし伊邪那美神《いざなみのかみ》は出雲国《いずものくに》と伯伎国《ははきのくに》との堺《さかい》、比婆《ひば》の山《やま》に葬《かく》しまつりき。

ここに伊邪那岐命《いざなきのみこと》、佩《は》きませる十拳剣《とつかつるぎ》を抜《ぬ》きて、その子《みこ》、迦具土神《かぐつちのかみ》の頸《みくび》を斬《き》りたもう。ここにその御刀《みはかし》の前《さき》に著《つ》ける血《ち》、ゆつ石村《いわむら》に走《たばし》りつきて成《な》りませる神《かみ》の名《みな》は石《いわ》拆神《さくのかみ》、つぎに根拆神《ねさくのかみ》、つぎに石筒之男神《いわつつのおのかみ》。〔三柱《みはしら》〕つぎに御刀《みはかし》の本《もと》に著《つ》ける血《ち》もゆつ石村《いわむら》に走《たばし》りつきて成《な》りませる神《かみ》の名《みな》は甕速日神《みかはやびのかみ》、つぎに樋速日神《ひはやびのかみ》、つぎに建御雷之《たけみかづちの》男神《おのかみ》、またの名《みな》は建布都神《たけふつのかみ》、またの名《みな》は豊布都神《とよふつのかみ》。〔三柱《みはしら》〕つぎに御刀《みはかし》の手上《たがみ》に集《あつ》まれる血《ち》、手俣《たなまた》より漏《く》き出《い》でて成《な》りませる神《かみ》の名《みな》〔御名〕は闇淤加美神《くらおかみのかみ》。つぎに闇御津羽神《くらみつはのかみ》。

上《かみ》の件《くだり》、石拆神《いわさくのかみ》より以下《しも》、闇御津羽神《くらみつはのかみ》以前《まで》、あわせて八神《やはしら》は御刀《みはかし》によりて生《な》りませる神《かみ》なり。

殺《ころ》さえましし迦具土神《かぐつちのかみ》の頭《みかしら》に成《な》りませる神《かみ》の名《みな》は正鹿山津見神《まさかやまつみのかみ》。つぎに胸《みむね》に成《な》りませる神《かみ》の名《みな》は淤縢山津見神《おどやまつみのかみ》。つぎに腹《みはら》に成《な》りませる神《かみ》の名《みな》は奥山津見神《おくやまつみのかみ》。つぎに陰《みほと》に成《な》りませる神《かみ》の名《みな》は闇山津見神《くらやまつみのかみ》。つぎに左《ひだり》の手《みて》に成《な》りませる神《かみ》の名《みな》は志芸山津見神《しぎやまつみのかみ》。つぎに右《みぎり》の手《みて》に成《な》りませる神《かみ》の名《みな》は羽山津見神《はやまつみのかみ》。つぎに左《ひだり》の足《みあし》に成《な》りませる神《かみ》の名《みな》は原山津見神《はらやまつみのかみ》。つぎに右《みぎり》の足《みあし》に成《な》りませる神《かみ》の名《みな》は戸山津見神《とやまつみのかみ》。〔正鹿山津見神《まさかやまつみのかみ》より戸山津見神《とやまつみのかみ》まで并《あわ》せて八神《やはしら》〕

かれ、斬《き》りたまえる刀《みはかし》の名《な》は天之尾羽張《あめのおはばり》と言《い》う。またの名《な》は伊都之尾羽張《いつのおはばり》と言《い》う。

〈黄泉《よみ》の国《くに》〉

ここに、その妹伊邪那美命《いもいざなみのみこと》を相見《あいみ》まく欲《おも》おして黄泉国《よもつくに》に追《お》い往《い》でましき。ここに、殿《との》の縢戸《さしと》より出《い》で向《むか》えます時《とき》に、伊邪那岐命《いざなきのみこと》語《かた》らいたまわく「愛《うつく》しき我《あ》が那邇妹命《なにものみこと》、吾《あ》と汝《な》とつくれる国《くに》、未《いま》だ作《つく》り竟《お》えずあれば、還《かえ》りまさね」と詔《の》りたまいき。ここに伊《い》邪《ざ》那《な》美命《みのみこと》答《こた》えたまわく「悔《くや》しき哉《かも》、速《と》く来《き》まさずて。吾《あ》は黄泉戸喫《よもつへぐい》しつ。しかれども愛《うつく》しき我《あ》が那《な》勢命《せのみこと》、入《い》り来《き》ませること恐《かしこ》ければ還《かえ》り欲《な》んを。しばらく黄泉神《よもつかみ》と相論《あげつら》わむ《ン》。我《あ》をな視《み》たまいそ」かく白《もう》してその殿内《とのうち》に還《かえ》り入《い》りませる間《ほど》、いと久《ひさ》しくて待《ま》ち難《か》ねたまいき。

かれ、左《ひだり》の御《み》みづらに刺《さ》させるゆつつま櫛《ぐし》の男柱《おばしら》一《ひと》つ取《と》り闕《か》きて、一火《ひとつび》燭《とも》して入《い》り見《み》ます時《とき》に、蛆《うじ》たかれころろぎて、頭《みかしら》には大雷《おおいかづち》居《お》り、胸《みむね》には火雷《ほのいかづち》居《お》り、腹《みはら》には黒《くろ》雷《いかづち》居《お》り、陰《みほと》には拆雷《さくいかづち》居《お》り、左《ひだり》の手《みて》には若雷《わかいかづち》居《お》り、右《みぎり》の手《みて》には土雷《つちいかづち》居《お》り、左《ひだり》の足《みあし》には鳴雷《なるいかづち》居《お》り、右《みぎり》の足《みあし》には伏雷《ふしいかづち》居《お》り、あわせて八《や》くさの雷神《いかづちがみ》成《な》り居《お》りき。

ここに伊《い》邪《ざ》那《な》岐命《きのみこと》、見畏《みかしこ》みて逃《に》げ還《かえ》ります時《とき》に、その妹《いも》伊《い》邪《ざ》那《な》美命《みのみこと》「吾《あれ》に辱《はじ》見《み》せたまいつ」と言《もう》したまいて、すなわち黄泉《よもつ》しこめを遣《つかわ》して追《お》わしめき。ここに伊《い》邪《ざ》那《な》岐《きの》命《みこと》、黒御縵《くろみかづら》を取《と》りて投《な》げ棄《う》てたまいしかば、すなわち蒲子《えびかづらのみ》生《な》りき。これを拾《ひり》いて食《は》む間《ま》に逃《に》げ行《い》でます。なお追《お》いしかば、またその右《みぎり》の御《み》みづらに刺《さ》させるゆつつま櫛《ぐし》を引《ひ》き闕《か》きて投《な》げ棄《う》てたまいしかば、すなわち、笋《たかむな》生《な》りき。是《こ》を抜《ぬ》き食《は》む間《ま》に逃《に》げ出《い》でましき。

また後《のち》には、かの八《や》くさの雷神《いかづちがみ》に千五百《ちいほ》の黄泉軍《よもついくさ》を副《そ》えて追《お》わしめき。かれ、佩《は》きませる十拳剣《とつかつるぎ》を抜《ぬ》きて後手《しりえで》にふきつつ逃《に》げ来《き》ませるを、なお追《お》いて黄泉比良坂《よもつひらさか》の坂《さか》本《もと》に到《いた》る時《とき》に、その坂本《さかもと》なる桃子《もものみ》を三個《みつ》取《と》りて待《ま》ち撃《う》ちたまえば、悉《ことごと》に逃《に》げ返《かえ》りき。ここに伊邪那岐命《いざなきのみこと》、桃子《もものみ》に告《の》りたまわく「汝《いまし》、吾《あ》を助《たす》けしが如《ごと》、葦原中国《あしはらのなかつくに》にあらゆる現《うつ》しき青人草《あおひとぐさ》の苦瀬《うきせ》に落《お》ちて患《うれ》い惚《なや》む時《とき》に助《たす》くべし」と告《の》りたまいて意富加牟豆美命《おおかむづみのみこと》という名《な》を賜《たま》いき。

最後《いやはて》にその妹《いも》伊邪那美命《いざなみのみこと》、身自《みみずか》ら追《お》い来《き》ましき。ここに千引石《ちびきのいわ》をその黄泉比良坂《よもつひらさか》に引《ひ》き塞《さ》えて、その石《いわ》を中《なか》に置《お》きて各々《おのもおのも》対《むか》い立《た》たして事戸《ことど》を度《わた》す時《とき》、伊邪那美命《いざなみのみこと》言《もう》したまわく「愛《うつく》しき我《あ》が那勢命《なせのみこと》、如此《かく》したまわば汝《みまし》の国《くに》の人草《ひとぐさ》一日《ひとひ》に千頭《ちかしら》絞《くび》り殺《ころ》さむ《ン》」ともうしたまいき。ここに伊邪那岐命《いざなきのみこと》詔《の》りたまわく「愛《うつく》しき我《あ》が那邇妹命《なにものみこと》、汝《みまし》、然《しか》したまわば、吾《あれ》は一日《ひとひ》に千五百《ちいほ》の産屋《うぶや》立《た》てむ《ン》」とのりたまいき。ここをもちて一日《ひとひ》に必《かなら》ず千人《ちたり》死《し》に、一日《ひとひ》に必《かなら》ず千五百人《ちいほたり》生《う》まるるなり。

かれ、その伊邪那美命《いざなみのみこと》を黄泉津大神《よもつおおかみ》と言《もう》す。亦《また》その追《お》いしきしによりて、道敷大神《ちしきのおおかみ》とも号《なず》くと云《い》えり。またその黄泉坂《よみのさか》に塞《さや》れりし石《いわ》は道反之大神《ちがえしのおおかみ》とも号《なず》け、また塞坐《さやります》黄《よ》泉戸大神《みどのおおかみ》とも言《もう》す。かれ、そのいわゆる黄泉比良坂《よもつひらさか》は今《いま》、出雲国《いずものくに》の伊賦夜坂《いうやさか》となも言《い》う。

〈禊《みそ》ぎ祓《はら》いと三貴子《さんきし》〉

ここをもちて、伊邪那岐大神《いざなきのおおかみ》詔《の》りたまわく「吾《あ》はいなしこめしこめき穢《きたな》き国《くに》に到《いた》りて在《あ》りけり。かれ、吾《あ》は御身《おおみま》の禊祓《はら》えせむ《ン》」とのりたまいて、竺紫《つくし》の日向《ひむか》の橘《たちばな》の小門《おど》の阿《あ》波岐原《わぎはら》に到《い》でまして禊《みそ》ぎ祓《はら》えたまいき。

かれ、投《な》げ棄《う》つる御杖《みつえ》に成《な》りませる神《かみ》の名《みな》は衝立船戸神《つきたつふなどのかみ》。つぎに投《な》げ棄《う》つる御帯《みおび》に成《な》りませる神《かみ》の名《みな》は道之長乳歯神《みちのながちはのかみ》。つぎに投《な》げ棄《う》つる御裳《みも》に成《な》りませる神《かみ》の名《みな》は時置師《ときおかしの》神《かみ》。つぎに投《な》げ棄《う》つる御衣《みけし》に成《な》りませる神《かみ》の名《みな》は和豆良比能宇斯能神《わずらいのうしのかみ》。つぎに投《な》げ棄《う》つる御褌《みはかま》に成《な》りませる神《かみ》の名《みな》は道俣神《ちまたのかみ》。つぎに投《な》げ棄《う》つる御冠《みかがぶり》に成《な》りませる神《かみ》の名《みな》は飽咋之宇斯能神《あきぐいのうしのかみ》。つぎに投《な》げ棄《う》つる左《ひだり》の御手《みて》の手纏《たまき》に成《な》りませる神《かみ》の名《みな》は奥疎神《おきざかるのかみ》。つぎに奥津那芸佐毘古神《おきつなぎさびこのかみ》。つぎに奥津甲斐弁羅神《おきつかいべらのかみ》。つぎに投《な》げ棄《う》つる右《みぎり》の御手《みて》の手纏《たまき》に成《な》りませる神《かみ》の名《みな》は辺疎神《へざかるのかみ》。つぎに辺津那芸佐毘古神《へつなぎさびこのかみ》。つぎに辺津甲斐弁羅神《へつかいべらのかみ》。

右《みぎ》の件《くだり》、船戸神《ふなどのかみ》よりしも、辺津甲斐弁羅神《へつかいべらのかみ》まで十二神《とおまりふたはしら》は身《み》に着《つ》ける物《もの》を脱《ぬ》ぎたまいしに因《よ》りて生《な》りませる神《かみ》なり。

ここに「上《かみ》つ瀬《せ》は瀬速《せはや》し。下《しも》つ瀬《せ》は瀬弱《せよわ》し」と詔《の》りごちたまいて、初《はじ》め中《なか》つ瀬《せ》に堕《お》りかづきて滌《すす》ぎたもう時《とき》に成《な》りませる神《かみ》の名《みな》は八十禍津日神《やそまがつひのかみ》。つぎに大禍津日神《おおまがつひのかみ》。この二《ふた》神《はしら》は、かの穢《きたな》き繁国《しきぐに》に到《いた》りましし時《とき》の汗垢《けがれ》に因《よ》りて成《な》りませる神《かみ》なり。つぎにその禍《まが》を直《なお》さんとして成《な》りませる神《かみ》の名《みな》は神直毘神《かむなおびのかみ》。つぎに大直毘神《おおなおびのかみ》。つぎに伊豆能売《いずのめ》〔并《あわ》せて三神《みはしら》なり〕。つぎに水底《みなそこ》に滌《すす》ぎたもう時《とき》に成《な》りませる神《かみ》の名《みな》は底津綿津見神《そこつわたつみのかみ》、つぎに底筒之男命《そこつつのおのみこと》。中《なか》に滌《すす》ぎたもう時《とき》に成《な》りませる神《かみ》の名《みな》は中津綿津見神《なかつわたつみのかみ》、つぎに中筒之男《なかつつのおの》命《みこと》。水《みず》の上《うえ》に滌《すす》ぎたもう時《とき》に成《な》りませる神《かみ》の名《みな》は上津綿津見神《うわつわたつみのかみ》、つぎに上筒之男命《うわつつのおのみこと》。

この三柱《みはしら》の綿津見神《わたつみのかみ》は阿曇連《あずみのむらじ》等が祖神《おやがみ》ともちいつく神《かみ》なり。かれ、阿曇連《あずみのむらじ》等はその綿津見神《わたつみのかみ》の子《みこ》、宇都志日金拆命《うつしひがなさくのみこと》の子孫《すえ》なり。その底筒之男命《そこつつのおのみこと》・中筒之男命《なかつつのおのみこと》・上筒《うわつつ》之男命《のおのみこと》、三柱《みはしら》の神《かみ》は墨江《すみのえ》の三前《みまえ》の大神《おおかみ》なり。

ここに、左《ひだり》の御目《みめ》を洗《あら》いたまいし時《とき》に、成《な》りませる神《かみ》の名《みな》は天照大御神《あまてらすおおみかみ》。つぎに右《みぎり》の御目《みめ》を洗《あら》いたまいし時《とき》に、成《な》りませる神《かみ》の名《みな》は月読命《つくよみのみこと》。つぎに御鼻《みはな》を洗《あら》いたまいし時《とき》に、成《な》りませる神《かみ》の名《みな》は建速須佐之男命《たけはやすさのおのみこと》。

右《みぎ》の件《くだり》、八十禍津日神《やそまがつひのかみ》より速須佐之男命《はやすさのおのみこと》まで十四柱《とおまりよはしら》の神《かみ》は、御身《みみ》を滌《すす》ぎたもうによりて生《な》れませる神《かみ》なり。

この時《とき》、伊邪那岐命《いざなきのみこと》大《いた》く歓喜《よろこ》ばして詔《の》りたまわく「吾《あれ》は子《みこ》生《う》み生《う》みて、生《う》みの終《はて》に三柱《みはしら》の貴《うづ》の子《みこ》を得《え》たり」とのりたまいて、すなわちその御頸珠《みくびたま》の玉《たま》の緒《お》、もゆらに取《と》りゆらかして、天照大御神《あまてらすおおみかみ》に賜《たま》いて詔《の》りたまわく「汝《な》が命《みこと》は、高天原《たかあまはら》を知《し》らせ」と事《こと》依《よ》さして賜《たま》いき。かれその御頸珠《みくびたま》の名《な》を御倉板挙之神《みくらたなのかみ》と言《もう》す。つぎに月読命《つくよみのみこと》に詔《の》りたまわく「汝《な》が命《みこと》は、夜《よる》の食国《おすくに》を知《し》らせ」と事依《ことよ》さしたまいき。つぎに建速須佐之男命《たけはやすさのおのみこと》に詔《の》りたまわく「汝《な》が命《みこと》は、海原《うなばら》を知《し》らせ」と事依《ことよ》さしたまいき。

天照大御神《あまてらすおおみかみ》と須佐之男命《すさのおのみこと》

〈神《かむ》やらい〉

かれ、各々《おのもおのも》依《よ》さし賜《たま》える命《みこと》の随《まにま》に知《し》ろしめす中《なか》に速須佐之男命《はやすさのおのみこと》、命《よさ》したまえる国《くに》を知《し》らさずて、八拳須《やつかひげ》心前《むなさき》に至《いた》るまで啼《な》きいさちき。その泣《な》きたもう状《さま》は、青山《あおやま》を枯山《からやま》なす泣《な》き枯《か》らし、河海《かわうみ》は悉《ことごと》に泣《な》き乾《ほ》しき。ここをもちて、悪神《あらぶるかみ》の音《おとない》、狭蝿《さばえ》なす皆《みな》満《み》ち、万《よろず》の物《もの》の妖《わざわい》、悉《ことごと》に発《おこ》りき。

かれ伊邪那岐大御神《いざなきのおおみかみ》、速須佐之男命《はやすさのおのみこと》に詔《の》りたまわく「何《なに》とかも、汝《いまし》は事依《ことよ》させる国《くに》を治《し》らさずて哭《な》きいさちる」とのりたまえば、ここに答《こた》え白《たま》わく「僕《あ》は妣《はは》の国《くに》、根之堅《ねのかた》州国《すくに》に罷《まか》らんと欲《おも》うが故《ゆえ》に哭《な》く」ともうしたまいき。ここに伊邪那岐大御神《いざなきのおおみかみ》、大《いた》く忿怒《いか》らして「然《しか》らば、汝《いまし》はこの国《くに》に住《す》むべからず」と詔《の》りたまいて、すなわち神《かむ》やらいにやらいたまいき。かれ、その伊邪那岐大神《いざなきのおおかみ》は淡海《おうみ》の多賀《たが》になも坐《ま》します。

かれここに、速須佐之男命《はやすさのおのみこと》言《もう》したまわく「然《しか》らば天照大御神《あまてらすおおみかみ》に請《もう》して罷《まか》りなむ《ン》」ともうしたまいて、すなわち天《あめ》に参上《まいのぼ》ります時《とき》に、山川《やまかわ》悉《ことごと》に動《とよ》み、国土《くにつち》みな震《ゆ》りき。ここに天照大御神《あまてらすおおみかみ》、聞《き》き驚《おどろ》かして「我《あ》が那勢命《なせのみこと》の上《のぼ》り来《き》ます由《ゆえ》は必《かなら》ず善《うるわ》しき心《こころ》ならじ。我《あ》が国《くに》を奪《うば》わんと欲《おも》おすにこそ」と詔《の》りたまいて、すなわち御髪《みかみ》を解《と》き御《み》みづらに纏《ま》かして、左右《ひだりみぎり》の御《み》みづらにも御鬘《みかづら》にも、左右《ひだりみぎり》の御手《みて》にも各々《おのもおのも》八尺《やさか》の勾玉《まがたま》の五百津《いおつ》のみすまるの珠《たま》を纏《ま》き持《も》たして、そびらには千入《ちのり》の靫《ゆぎ》を負《お》い、ひらには五百入《いおのり》の靫《ゆぎ》をつけ、また臂《ただむき》にはいつの竹鞆《たかとも》を取《と》り佩《お》ばして、弓腹《ゆはら》振《ふ》り立《た》てて、堅庭《かたにわ》は向股《むかもも》に踏《ふ》みなづみ、沫雪《あわゆき》なす蹶《く》え散《はら》かして、いつの男建《おたけ》び踏《ふ》み建《たけ》びて、待《ま》ち問《と》いたまわく「何故《なにとかも》のぼり来《き》ませる」と問《と》いたまいき。

ここに速須佐之男命《はやすさのおのみこと》の答《こた》えたまわく「僕《あ》は邪《きたな》き心《こころ》無《な》し。ただ大御神《おおみかみ》の命《みこと》もちて、僕《あ》が哭《な》きいさちる事《こと》を問《と》い賜《たま》いしゆえに、白《もう》しつらく『僕《あ》は妣《はは》の国《くに》に往《まか》らんと欲《おも》いて哭《な》く』ともうししかば、大御神《おおみかみ》『汝《みまし》はこの国《くに》に在《あ》るべからず』と詔《の》りたまいて、神《かむ》やらいやらい賜《たま》えり。かれ、罷《まか》り往《ゆ》かん状《さま》を請《もう》さんとおもいてこそ参上《まいのぼ》りつれ。異《け》しき心《こころ》無《な》し」と白《もう》しき。

〈うけい〉

ここに、天照大御神《あまてらすおおみかみ》詔《の》りたまわく「然《しか》らば汝《みまし》の心《こころ》の清明《あか》きことはいかにして知《し》らまし」とのりたまいき。ここに速須佐之男命《はやすさのおのみこと》「各々《おのもおのも》うけいて子生《みこう》まむ《ン》」と答《こた》え曰《もう》したまいき。かれここに、各々《おのもおのも》天安河《あめのやすのかわ》を中《なか》に置《お》きてうけう時《とき》に、天照大御神《あまてらすおおみかみ》、先《ま》ず建速須佐之《たけはやすさの》男命《おのみこと》の佩《は》かせる十拳剣《とつかつるぎ》を乞《こ》い度《わた》して、三段《みきだ》に打《う》ち折《お》りて、瓊《ぬ》な音《と》も、もゆらに天之眞《あめのま》名井《ない》に振《ふ》り滌《すす》ぎて、さがみにかみて吹《ふ》き棄《う》つる気吹《いぶき》の狭霧《さぎり》に成《な》りませる神《かみ》の御名《みな》は多紀《たぎ》理毘売命《りびめのみこと》、またの御名《みな》は奥津島比売命《おきつしまひめのみこと》と言《もう》す。つぎに市寸島比売命《いちきしまひめのみこと》、またの御名《みな》は狭依毘売《さよりびめ》と言《もう》す。つぎに多岐都比売命《たぎつひめのみこと》。〔三柱《みはしら》〕

速須佐之男命《はやすさのおのみこと》、天照大御神《あまてらすおおみかみ》の左《ひだり》の御《み》みづらに纏《ま》かせる、八尺《やさか》の勾玉《まがたま》の五百津《いおつ》のみすまるの珠《たま》を乞《こ》い度《わた》して、瓊《ぬ》な音《と》も、もゆらに天之眞名井《あめのまない》に振《ふ》り滌《すす》ぎて、さがみにかみて吹《ふ》き棄《う》つる、気吹《いぶき》の狭霧《さぎり》に成《な》りませる神《かみ》の御名《みな》は正勝吾勝勝速日天之忍穂耳命《まさかあかつかちはやひあめのおしほみみのみこと》。また右《みぎり》の御《み》みづらに纏《ま》かせる珠《たま》を乞《こ》い度《わた》して、さがみにかみて吹《ふ》き棄《う》つる、気吹《いぶき》の狭霧《さぎり》に成《な》りませる神《かみ》の御名《みな》は天之菩卑能命《あめのほひのみこと》。また御《み》かづらに纏《ま》かせる珠《たま》を乞《こ》い度《わた》して、さがみにかみて吹《ふ》き棄《う》つる、気吹《いぶき》の狭霧《さぎり》に成《な》りませる神《かみ》の御名《みな》は天津日子根命《あまつひこねのみこと》。また左《ひだり》の御《み》手《て》に纏《ま》かせる珠《たま》を乞《こ》い度《わた》して、さがみにかみて吹《ふ》き棄《う》つる、気吹《いぶき》の狭霧《さぎり》に成《な》りませる神《かみ》の御名《みな》は活津日子根命《いくつひこねのみこと》。また右《みぎり》の御手《みて》に纏《ま》かせる珠《たま》を乞《こ》い度《わた》して、さがみにかみて吹《ふ》き棄《う》つる、気吹《いぶき》の狭霧《さぎり》に成《な》りませる神《かみ》の御名《みな》は熊野久須毘命《くまぬくすびのみこと》。并《あわ》せて五柱《いつはしら》。

ここに、天照大御神《あまてらすおおみかみ》、速須佐之男命《はやすさのおのみこと》に告《の》りたまわく「この後《のち》に生《あ》れませる五柱《いつはしら》の男子《ひこみこ》は物実《ものざね》、我《あ》が物《もの》に因《よ》りて成《な》りませり。かれ、自《おの》ずから吾《あ》が子《みこ》なり。先《さき》に生《あ》れませる三柱《みはしら》の女子《ひめみこ》は物実《ものざね》、汝《みまし》の物《もの》に因《よ》りて成《な》りませり。かれ、すなわち汝《みまし》の子《みこ》なり」と詔《の》り別《わ》けたまいき。

かれ、その先《さき》に生《あ》れませる神《かみ》、多紀理毘売命《たぎりびめのみこと》は胸形《むなかた》の奥津宮《おきつみや》に坐《ま》す。つぎに市寸島《いちきしま》比売命《ひめのみこと》は胸形《むなかた》の中津宮《なかつみや》に坐《ま》す。つぎに田寸津比売命《たきつひめのみこと》は胸形《むなかた》の辺津宮《へつみや》に坐《ま》す。この三《み》柱《はしら》の神《かみ》は胸形《むなかた》の君等《きみら》がもちいつく三前《みまえ》の大神《おおかみ》なり。

かれ、この後《のち》に生《あ》れませる五柱《いつはしら》の子《みこ》の中《なか》に天菩比命《あめのほひのみこと》の子《みこ》、建比良鳥命《たけひらとりのみこと》は〔出雲《いずもの》国造《くにのみやつこ》・無邪志国造《むさしのくにのみやつこ》・上菟上国造《かみつうなかみのくにのみやつこ》・下菟上国造《しもつうなかみのくにのみやつこ》・伊自牟国造《いじむのくにのみやつこ》・津島《つしまの》県直《あがたのあたえ》・遠江国造《とおつおうみのくにのみやつこ》等《ら》が祖《おや》なり〕。

つぎに天津比子根命《あまつひこねのみこと》は〔凡川内国造《おうしこうちのくにのみやつこ》・額田部湯坐連《ぬかたべのゆえのむらじ》・茨木国造《うばらぎのくにのみやつこ》・倭田中《やまとのたなかの》直《あたえ》・山代国造《やましろのくにのみやつこ》・馬来田国造《うまくだのくにのみやつこ》・道尻岐閇国造《みちのしりきえのくにのみやつこ》・周防国造《すおうのくにのみやつこ》・倭淹知造《やまとのあむちのみやつこ》・高市県主《たけちのあがたぬし》・蒲生稲寸《かもうのいなき》・三枝部造《さきくさべのみやつこ》等《ら》が祖《おや》なり〕。

〈天《あま》の石屋戸《いわと》〉

ここに、速須佐之男命《はやすさのおのみこと》、天照大御神《あまてらすおおみかみ》に白《もう》したまわく「我《あ》が心清明《こころあか》きゆえに、我《あ》が生《う》める子《みこ》は手弱女《たわやめ》を得《え》つ。これに因《よ》りて言《もう》さば自《おのず》から我勝《あれか》ちぬ」と云《い》いて、勝《かち》さびに天《あま》照大御神《てらすおおみかみ》の営田《みつくだ》の畔《あ》を離《はな》ち、その溝埋《みぞう》め、またその大嘗聞《おおにえきこ》しめす殿《との》に屎《くそ》まり散《ち》らしき。かれ、然《しか》すれども天照大御神《あまてらすおおみかみ》はとがめずて告《の》りたまわく「屎《くそ》なすは酔《え》いて吐《は》き散《ち》らすとこそ、我《あ》がなせの命《みこと》かくしつらめ。また田《た》の畔《あ》を離《はな》ち溝埋《みぞう》むるは地《ところ》をあたらしとこそ、我《あ》がなせの命《みこと》かくしつらめ」と詔《の》り直《なお》したまえども、なおその悪《あ》しき態《わざ》止《や》まずて転《うた》てありき。

天照大御神《あまてらすおおみかみ》忌服屋《いみはたや》に坐《ま》しまして、神御衣《かむみそ》織《お》らしめたもう時《とき》、その服屋《はたや》の頂《むね》を穿《うが》ち、天《あめ》の斑馬《ふちこま》を逆剥《さかは》ぎに剥《は》ぎて堕《おと》し入《い》るる時《とき》に、天《あめ》の服織女《はたおりめ》見驚《みおどろ》きて、梭《ひ》に陰上《ほと》を衝《つ》きて死《う》せにき。かれここに、天照大御神《あまてらすおおみかみ》見畏《みかしこ》みて、天石屋戸《あまのいわと》を閉《た》ててさしこもり坐《ま》しましき。ここに高天原皆暗《たかあまはらみなくら》く、葦原中国《あしはらのなかつくに》ことごとに闇《くら》し。これに因《よ》りて常夜往《とこよゆ》く。ここに、万《よろず》の神《かみ》の声《おとない》は狭蝿《さばえ》なす満《み》ち、万《よろず》の妖《わざわい》ことごとに発《おこ》りき。

ここをもちて八百万神《やおよろずのかみ》、天《あめ》の安之河原《やすのかわら》に神集《かむつど》い集《つど》いて、高御産巣日神《たかみむすひのかみ》の子《みこ》、思金《おもいかねの》神《かみ》に思《おも》わしめて、常世《とこよ》の長鳴鳥《ながなきどり》を集《つど》えて鳴《な》かしめて、天《あめ》の安河《やすのかわ》の河上《かわかみ》の天堅石《あめのかたしわ》を取《と》り、天《あめ》の金山《かなやま》の鉄《まがね》を取《と》りて、鍛人天津麻羅《かぬちあまつまら》を求《ま》ぎて、石斯許理度売命《いしこりどめのみこと》に科《おお》せて鏡《かがみ》を作《つく》らしめ、玉祖命《たまのやのみこと》に科《おお》せて、八尺勾玉《やさかのまがたま》の五百津《いおつ》のみすまるの珠《たま》を作《つく》らしめて、天児屋命《あめのこやねのみこと》・布《ふ》刀玉命《とだまのみこと》を召《よ》びて、天香山《あめのかぐやま》の真男鹿《まおしか》の肩《かた》を内抜《うつぬ》きに抜《ぬ》きて、天香山《あめのかぐやま》の天波波迦《あめのははか》を取《と》りて、占合《うらな》えまかなわしめて、天香山《あめのかぐやま》の五百津真賢木《いおつまさかき》を根《ね》こじにこじて、上枝《ほつえ》に八尺《やさかの》勾玉《まがたま》の五百津《いおつ》のみすまるの玉《たま》を取《と》り著《つ》け、中枝《なかつえ》に八尺鏡《やあたのかがみ》を取《と》りかけ、下枝《しずえ》に白丹寸《しろにぎ》手《て》、青丹寸手《あおにぎて》を取《と》り垂《し》でて、この種々《くさぐさ》の物《もの》は布刀玉命《ふとだまのみこと》、布刀御幣《ふとみてぐら》をとり持《も》たして、天児屋命《あめのこやねのみこと》、ふとのりと言祷《ことほ》ぎ白《もう》して、天手力男神《あめのたぢからおのかみ》、戸《と》の掖《わき》に隠《かく》り立《た》たして、天宇《あめのう》受売命《ずめのみこと》、天香山《あめのかぐやま》の天之日影《あめのひかげ》を手次《たすき》にかけて、天之真折《あめのまさき》を鬘《かづら》として、天香山《あめのかぐやま》の小竹葉《ささば》を手草《たぐさ》に結《ゆ》いて、天石屋戸《あまのいわと》にうけ伏《ふ》せて、踏《ふ》みとどろこし神懸《かむがか》りして、胸乳《むなち》かき出《い》で、裳緒《もひも》をほとにおし垂《た》れき。ここに高天原動《たかあまはらゆす》りて、八百万神《やおよろずのかみ》、共《とも》に咲《わら》いき。

ここに天照大御神《あまてらすおおみかみ》、怪《あや》しとおもおして天石屋戸《あまのいわと》を細《ほそ》めに開《ひら》きて、内《うち》より告《の》りたまえるは「吾《あ》が隠《かく》りますに因《よ》りて、天原《あまのはら》自《おの》ずから闇《くら》く、葦原中国《あしはらのなかつくに》も皆闇《みなくら》からんとおもうを、何《なに》とかも天宇受売《あめのうずめ》は遊《あそ》びをし、また八百万神諸々《やおよろずのかみもろもろ》咲《わら》うぞ」とのりたまいき。ここに天《あめの》宇受売《うずめ》「汝《な》が命《みこと》にまさりて貴《とうと》き神《かみ》いますがゆえに歓喜《よろこ》び咲楽《えら》ぐ」と言《もう》しき。

かく言《もう》す間《あいだ》に、天児屋命《あめのこやねのみこと》・布刀玉命《ふとだまのみこと》かの鏡《かがみ》を指《さ》し出《い》でて、天照大御神《あまてらすおおみかみ》に示《み》せ奉《まつ》る時《とき》、天照大御神《あまてらすおおみかみ》いよいよ奇《あや》しと思《おも》おして、やや戸《と》より出《い》でて臨《のぞ》みます時《とき》に、かの隠《かく》り立《た》てる天手力男神《あめのたぢからおのかみ》、その御手《みて》を取《と》りて引《ひ》き出《いだ》しまつりき。すなわち布刀玉命《ふとだまのみこと》、尻《しり》くめ縄《なわ》をその御後方《みしりえ》に控《ひ》き度《わた》して「ここより内《うち》に得還《えかえ》り入《い》りまさじ」と白言《もう》しき。かれ、天照大御神《あまてらすおおみかみ》出《い》で坐《ま》せる時《とき》、高天原《たかあまはら》も葦原中国《あしはらのなかつくに》も自《おの》ずから照《て》り明《あか》りき。

ここに八百万神《やおよろずのかみ》共《とも》に議《はか》りて、速須佐之男命《はやすさのおのみこと》に千位《ちくら》の置戸《おきど》を負《おお》せ、また鬚《ひげ》と手足《てあし》の爪《つめ》とを切《き》り、祓《はら》えしめて神《かむ》やらいやらいき。

〈大気津比売神《おおげつひめのかみ》〉

また食物《おしもの》を大気津比売神《おおげつひめのかみ》に乞《こ》いたまいき。ここに大気都比売《おおげつひめ》、鼻《はな》・口《くち》また尻《しり》より種々《くさぐさ》の味物《ためつもの》を取《と》り出《いだ》して、種々作《くさぐさつく》り具《そな》えて進《たてま》つる時《とき》、速須佐之男命《はやすさのおのみこと》その態《しわざ》を立《た》ち伺《うかが》いて、穢汚《きたな》きものを奉進《たてまつ》るとおもおして、すなわち、その大宜津比売神《おおげつひめのかみ》を殺《ころ》したまいき。

かれ、殺《ころ》さえたまえる神《かみ》の身《み》に生《な》れる物《もの》は、頭《かしら》に蚕《かいこ》生《な》り、二《ふた》つの目《め》に稲種《いなだね》生《な》り、二《ふた》つの耳《みみ》に粟《あわ》生《な》り、鼻《はな》に小豆《あずき》生《な》り、陰《ほと》に麦《むぎ》生《な》り、尻《しり》に大豆《まめ》生《な》りき。かれ、ここに神産巣日御祖命《かむむすひのみおやのみこと》これを取《と》らしめて種《たね》と成《な》したまいき。

〈八俣《やまた》の大蛇《おろち》〉

かれ、避追《やら》わえて、出雲国《いずものくに》の肥河上《ひのかわかみ》、名《な》は鳥髪《とりがみ》の地《ところ》に降《くだ》りましき。この時《おり》しも、箸《はし》その河《かわ》より流《なが》れ下《くだ》りき。ここに須佐之男命《すさのおのみこと》、その河上《かわかみ》に人有《ひとあ》りとおもおして、尋《たず》ねまぎ上《のぼ》り往《い》でまししかば、老夫《おきな》と老女《おみな》と二人《ふたり》在《あ》りて、童女《おとめ》を中《なか》に置《す》えて泣《な》くなり。ここに「汝等《いましたち》は誰《たれ》ぞ」と問《と》い賜《たま》えば、その老夫答《おきなこた》え言《もう》さく「僕《あ》は国《くに》つ神《かみ》、大山津見神《おおやまつみのかみ》の子《こ》なり。僕《あ》が名《な》は足名椎《あしなづち》と言《い》い、妻《め》が名《な》は手名椎《てなづち》と言《い》い、女《むすめ》が名《な》は櫛名田比売《くしなだひめ》と言《い》う」と言《もう》しき。

また「汝《いまし》の哭《な》く由《ゆえ》は何《な》ぞ」と問《と》いたまえば、答《こた》え白《もう》さく「我《あ》が女《むすめ》は本《もと》より八稚女《やおとめ》ありき。ここに高志《こし》の八俣《やまた》の大蛇《おろち》なも年毎《としごと》に来《き》て喫《く》うなる。今《いま》、それ来《き》ぬべき時《とき》なるが故《ゆえ》に泣《な》く」と言《もう》す。ここに「その形《かたち》は如何《いか》さまにか」と問《と》いたまえば、答《こた》え白《もう》さく「彼《かれ》が目《め》は赤《あか》かがちなして、身一《みひと》つに頭《かしら》八つ尾《お》八つ有《あ》り。またその身《み》に蘿《ひかげ》と檜《ひ》・椙《すぎ》を生《お》い、その長《たけ》は谿八谷《たにやたに》・峡八尾《おやお》を度《わた》りて、その腹《はら》を見《み》れば悉《ことごと》に常《いつ》も血《ち》に爛《ただ》れたり」と言《もう》す〔ここに赤《あか》かがちといえるは今《いま》の酸醬《ほおずき》なり〕。

かれ、速須佐之男命《はやすさのおのみこと》その老夫《おきな》に「これ汝《いまし》の女《むすめ》は吾《あれ》に奉《たてまつ》らんや」と詔《の》りたもうに「恐《かしこ》けれど、御名《みな》を覚《し》らず」と答《こた》え曰《もう》せば「吾《あ》は天照大御神《あまてらすおおみかみ》のいろせなり。かれ今《いま》、天《あめ》より降《くだ》り坐《ま》しつ」と答詔《こた》えたまいき。ここに足名椎《あしなづち》・手名椎《てなづち》の神《かみ》「しか坐《ま》さば恐《かしこ》し。立奉《たてまつ》らむ《ン》」と白《もう》しき。かれ、速須佐之男命《はやすさのおのみこと》すなわちその童女《おとめ》をゆつつま櫛《ぐし》に取《と》り成《な》して、御《み》みづらに刺《さ》して、その足名椎《あしなづち》・手名椎《てなづち》の神《かみ》に告《の》りたまわく「汝等《いましたち》、八塩折《やしおおり》の酒《さけ》を醸《か》み、また垣《かき》を作《つく》り廻《もとお》し、その垣《かき》に八《や》つの門《かど》を作《つく》り、門毎《かどごと》に八《や》つのさずきを結《ゆ》い、そのさずき毎《ごと》に酒船《さかぶね》を置《お》きて、船毎《ふねごと》にその八塩折《やしおおり》の酒《さけ》を盛《も》りて待《ま》ちてよ」とのりたまいき。

かれ、告《の》りたまえる随《まにま》にかく備《そな》え設《ま》けて待《ま》つ時《とき》、かの八俣《やまた》の大蛇《おろち》信《まこと》に言《い》いしが如来《ごとき》つ。すなわち船毎《ふねごと》に己《おの》が頭《かしら》を垂入《たれ》て、その酒《さけ》を飲《の》みき。ここに飲《の》み酔《え》いて皆伏《みなふ》し寝《いね》たり。すなわち速須佐之男命《はやすさのおのみこと》その佩《は》きませる十拳剣《とつかつるぎ》を抜《ぬ》きて、その蛇《おろち》を切《き》り散《ほお》りたまえば、肥《ひの》河血《かわち》に変《な》りて流《なが》れき。かれ、その中《なか》の尾《お》を切《き》りたもう時《とき》、御刀《みはかし》の刃毀《はか》けき。すなわち怪《あや》しと思《おも》おして、御刀《みはかし》の前《さき》もちて刺《さ》し割《さ》きて見《み》そなわししかば、都牟刈《つむがり》の大刀《たち》あり。かれ、この大刀《たち》を取《と》らして、異《あや》しき物《もの》ぞと思《おも》おして、天照大御神《あまてらすおおみかみ》に白《もう》し上《あ》げたまいき。こは草那芸《くさなぎ》の大刀《たち》なり。

かれ、ここをもちてその速須佐之男命《はやすさのおのみこと》、宮造作《みやつく》るべき地《ところ》を出雲国《いずものくに》に求《ま》ぎたまいき。

ここに須賀《すが》の地《ところ》に到《いた》りまして、詔《の》りたまわく「吾《あれ》この地《ところ》に来《き》まして、我《あ》が御心《みこころ》すがすがし」とのりたまいて、そこに宮作《みやつく》りて坐《ま》しましける。かれ、そこをば今《いま》に須賀《すが》とぞ云《い》う。この大神《おおかみ》、初《はじ》め須賀宮作《すがのみやつく》らしし時《とき》、そこより雲立《くもた》ち騰《のぼ》りき。ここに御歌作《みうたよみ》したもう。
その御歌《みうた》は、

八雲立《やくもた》つ　出雲八重垣《いずもやえがき》　妻《つま》ごみに
八重垣作《やえがきつく》る　その八重垣《やえがき》を

ここにかの足名椎神《あしなづちのかみ》を喚《め》して「汝《いまし》は我《あ》が宮《みや》の首《おびと》に任《ま》けむ《ン》」とのりたまいき。また名《みな》を稲田宮主須賀之八耳神《いなだのみやぬしすがのやつみみのかみ》と負《おお》せたまいき。

〈須佐之男命《すさのおのみこと》の子孫《しそん》〉

かれ、その櫛名田比売《くしなだひめ》をもちてくみどに起《おこ》して生《う》みませる神《かみ》の名《みな》は八島士奴美神《やしまじぬみのかみ》と言《もう》す。また、大山津見神《おおやまつみのかみ》の女《むすめ》、名《みな》は神大市比売《かむおおいちひめ》に娶《あ》いて生《う》みませる子《みこ》は大年神《おおとしのかみ》。つぎに宇迦之御魂《うかのみたま》〔二柱《ふたはしら》〕。兄八島士奴美神《あにやしまじぬみのかみ》、大山津見神《おおやまつみのかみ》の女《むすめ》、名《みな》は木花知流比売《このはなちるひめ》に娶《あ》いて生《う》みませる子《みこ》は布波能母遅久奴須奴神《ふわのもぢくぬすぬのかみ》。この神《かみ》、淤迦美神《おかみのかみ》の女《むすめ》、名《みな》は日河比売《ひかわひめ》に娶《あ》いて生《う》みませる子《みこ》は、深淵之水夜礼花神《ふかふちのみずやれはなのかみ》。この神《かみ》、天之都度閇知泥神《あめのつどへちねのかみ》に娶《あ》いて生《う》みませる子《みこ》は淤美豆奴神《おみづぬのかみ》。この神《かみ》、布怒豆奴神《ふぬづぬのかみ》の女《むすめ》、名《みな》は布帝耳神《ふてみみのかみ》に娶《あ》いて生《う》みませる子《みこ》は天之《あめの》冬衣神《ふゆぎぬのかみ》。この神《かみ》、刺国大神《さしくにおおのかみ》の女《むすめ》、名《みな》は刺国若比売《さしくにわかひめ》に娶《あ》いて生《う》みませる子《みこ》は大国主神《おおくにぬしのかみ》。またの名《みな》は大穴牟遅神《おおあなむぢのかみ》と言《もう》し、またの名《みな》は葦原色許男神《あしはらしこおのかみ》と言《もう》し、またの名《みな》は八千矛神《やちほこのかみ》と言《もう》し、またの名《みな》は宇都志国玉神《うつしくにたまのかみ》と言《もう》す。并《あわ》せて五《いつ》つの名《みな》あり。

大国主神《おおくにぬしのかみ》

〈稲羽《いなば》の白兎《しろうさぎ》〉

かれ、この大国主神《おおくにぬしのかみ》の兄弟八十神《あにおとやそがみ》ましき。然《しか》れども皆《みな》、国《くに》は大国主神《おおくにぬしのかみ》に避《さ》りまつりき。避《さ》りまつりし所以《ゆえ》は、その八十神《やそがみ》、各々《おのもおのも》稲羽《いなば》の八上比売《やかみひめ》を婚《よば》わんの心有《こころあ》りて、共《とも》に稲羽《いなば》に行《ゆ》きける時《とき》に、大穴牟遅神《おおあなむぢのかみ》に袋《ふくろ》を負《お》せて従者《ともびと》として率《い》て往《ゆ》きき。ここに気多之《けたの》前《さき》に到《いた》りける時《とき》に、裸《あかはだ》なる兎伏《うさぎふ》せり。ここに八十神《やそがみ》、その兎《うさぎ》に言《い》いけらく「汝《いまし》せまくは、この海塩《うしお》を浴《あ》み、風《かぜ》の吹《ふ》くに当《あた》りて高山《たかやま》の尾《お》の上《え》に伏《ふ》せれ」と云《い》う。かれ、その兎《うさぎ》、八《や》十神《そがみ》の教《おし》うるままにして伏《ふ》しき。

ここにその塩《しお》の乾《かわ》くまにまに、その身《み》の皮《かわ》悉《ことごと》に風《かぜ》に吹《ふ》き拆《さ》かえし故《から》に、痛《いた》み苦《くる》しみて泣《な》き伏《ふ》せれば、最後《いやはて》に来《き》ませる大穴牟遅神《おおあなむぢのかみ》、その兎《うさぎ》を見《み》て「何《な》ぞも汝《いまし》、泣《な》き伏《ふ》せる」と言《い》いたもうに、兎答《うさぎこた》え言《もう》さく「僕《あ》は淤岐島《おきのしま》に在《あ》りてこの地《くに》に度《わた》らまく欲《おも》えども、度《わた》らん因《よし》なかりし故《ゆえ》に、海《うみ》の和邇《わに》を欺《あざむ》きて言《い》いけらく『吾《あ》と汝《いまし》と族《ともがら》の多《おお》き少《すく》なきを競《くら》べてむ《ン》。かれ、汝《いまし》その族《ともがら》の在《あ》りの悉《ことごと》に率《い》て来《き》て、この島《しま》より気多之前《けたのさき》まで皆《みな》、列《な》み伏《ふ》し度《わた》れ。すなわち吾《あれ》、その上《うえ》を踏《ふ》みて走《はし》りつつ読《よ》み度《わた》らむ《ン》。ここに吾《あ》が族《ともがら》といずれ多《おお》きということを知《し》らむ《ン》』かく言《い》いしかば、欺《あざむ》かえて列《な》み伏《ふ》せりし時《とき》に、吾《あれ》その上《うえ》を踏《ふ》みて読《よ》み度《わた》り来《き》て、今地《いまつち》に下《お》りんとする時《とき》に、吾云《あれい》いけらく『汝《いまし》は我《あれ》に欺《あざむ》かえつ』と言《い》い竟《おわ》れば、すなわち最端《いやはし》に伏《ふ》せる和邇《わに》、我《あ》を捕《とら》えて悉《ことごと》に我《あ》が衣服《きもの》を剥《は》ぎき。これに因《よ》りて泣《な》き患《うれ》いしかば、先《さき》だちて行《い》でませる八十神《やそがみ》の命《みこと》もちて『海塩《うしお》を浴《あ》みて風《かぜ》に当《あた》りて伏《ふ》せれ』と誨《おし》えたまいき。かれ、教《おし》えの如《ごと》せしかば、我《あ》が身《み》ことごとに傷《そこな》わえつ」ともうしき。

ここに、大穴牟遅神《おおあなむぢのかみ》その兎《うさぎ》に教《おし》えたまわく「今急《いまと》くかの水門《みなと》に往《ゆ》きて、水《みず》をもちて汝《な》が身《み》を洗《あら》い、すなわちその水門《みなと》の蒲黄《がまのはな》を取《と》りて、敷《し》き散《ち》らしてその上《うえ》に輾《こ》い転《まろ》びてば、汝《な》が身《み》、本《もと》の膚《はだ》の如《ごと》必《かなら》ず癒《い》えなんものぞ」とおしえたまいき。かれ、教《おし》えの如《ごと》せしかば、その身《み》、本《もと》の如《ごと》くになりき。これ、稲羽《いなば》の白兎《しろうさぎ》という者《もの》なり。今《いま》に菟神《うさぎがみ》となも言《い》う。かれその兎《うさぎ》、大穴牟遅神《おおあなむぢのかみ》に白《もう》さく「この八十神《やそがみ》は必《かなら》ず八上比売《やかみひめ》を得《え》たまわじ。袋《ふくろ》を負《お》いたまえれども、汝《な》が命《みこと》ぞ獲《え》たまわむ《ン》」ともうしき。

〈八十神《やそがみ》の迫害《はくがい》〉

ここに八上比売《やかみひめ》、八十神《やそがみ》に答《こた》えけらく「吾《あれ》は汝等《みましたち》の言《こと》は聞《き》かじ。大穴牟遅神《おおあなむぢのかみ》に嫁《あ》わな」と言《い》う。かれここに八十神《やそがみ》忿《いか》りて、大穴牟遅神《おおあなむぢのかみ》を殺《ころ》さんと共議《あいたばか》りて、伯伎国《ははきのくに》の手間《てま》の山本《やまもと》に至《いた》りて云《い》いけるは「この山《やま》に赤《あか》猪《い》在《あ》るなり。かれ、われ共《ども》追《お》い下《くだ》しなば、汝《いまし》待《ま》ち取《と》れ。もし待《ま》ち取《と》らずば、必《かなら》ず汝《いまし》を殺《ころ》さむ《ン》」と云《い》いて、猪《い》に似《に》たる大石《おおいし》を火《ひ》もて焼《や》きて転《まろ》ばし落《お》としき。かれ、追《お》い下《くだ》すを取《と》る時《とき》に、その石《いし》に焼《や》きつかえて死《う》せたまいき。

ここにその御祖《みおやの》命《みこと》哭《な》き患《うれ》いて天《あめ》に参上《まいのぼ》りて、神産巣日《かむむすひ》の命《みこと》を請《こわ》したもう時《とき》に、すなわち、キサ貝比売《がいひめ》と蛤貝比売《うむがいひめ》とを遣《おこ》せて、作《つく》り活《いか》さしめたもう。すなわち、キサ貝比売《がいひめ》きさげ集《あつ》めて、蛤貝比売《うむがいひめ》待《ま》ち承《う》けて、母《おも》の乳汁《ちしる》と塗《ぬ》りしかば、麗《うるわ》しき壮夫《おとこ》に成《な》り出《い》でて、遊行《ある》きたまいき。

ここに八十神《やそがみ》見《み》て、また欺《あざむ》きて山《やま》に率《い》て入《い》りて大樹《おおき》を切《き》り伏《ふ》せ、茹矢《ひめや》をその木《き》に打《う》ち立《た》て、その中《なか》に入《い》らしめて、すなわち、その氷目矢《ひめや》を打《う》ち離《はな》ちて拷《う》ち殺《ころ》しき。

かれ、またその御《み》祖命《おやのみこと》哭《な》きつつ求《ま》げば、見得《みえ》てすなわち、その木《き》を拆《さ》きて取《と》り出《い》で活《いか》して、その子《みこ》に告《の》りたまわく「汝《いまし》ここに有《あ》らば、遂《つい》に八十神《やそがみ》に滅《ほろ》ぼさえなむ《ン》」と言《の》りたまいて、すなわち、木国《きのくに》の大屋毘古神《おおやびこのかみ》の御所《みもと》に違《たが》え遣《や》りたまいき。ここに、八十神《やそがみ》まぎ追《お》い至《いた》りて矢刺《やざ》し乞《こ》う時《とき》、木《き》の俣《また》より漏《く》き逃《のが》れて去《さ》りたまいき。

ここに大屋毘古神《おおやびこのかみ》告《の》りたまわく「須佐之男命《すさのおのみこと》の坐《ま》します根堅州国《ねのかたすくに》に参向《まいで》てよ。必《かなら》ずその大神《おおかみ》、議《たばか》りたまいなむ《ン》」と云《の》りたまいき。

〈根《ね》の堅州国《かたすくに》〉

かれ、詔命《みこと》の随《まにま》に、須佐之男命《すさのおのみこと》の御所《みもと》に参到《まいいた》りしかば、その女《むすめ》須勢理毘売《すせりびめ》、出《い》で見《み》て目合《まぐわ》いして相婚《みあい》しまして、還《かえ》り入《い》りてその父《ちち》に「いと麗《うるわ》しき神《かみ》まい来《き》ましつ」と言《もう》したまいき。かれ、その大神《おおかみ》出《い》で見《み》て「こは葦原色許男《あしはらしこお》という神《かみ》ぞ」と告《の》りたまいてすなわち喚《よ》び入《い》れて、その蛇《へみ》の室《むろや》に寝《い》ねしめたまいき。ここにその妻須勢理毘売命《みめすせりびめのみこと》、蛇《へみ》の比礼《ひれ》をその夫《ひこじ》に授《さず》けて云《の》りたまわく「その蛇《へみ》咋《く》わんとせば、この比礼《ひれ》を三《み》たび挙《ふ》りて打《う》ち撥《はら》いたまえ」とのりたもう。かれ、教《おし》えの如《ごと》したまいしかば、蛇《へみ》自《おの》ずから静《しず》まりし故《ゆえ》に平《やす》く寝《い》ね出《い》でたまいき。

また来《く》る日《ひ》の夜《よ》は呉公《むかで》と蜂《はち》との室《むろや》に入《い》れたまいしを、また呉公《むかで》・蜂《はち》の比礼《ひれ》を授《さず》けて、先《さき》の如教《ごとおし》えたまいし故《ゆえ》に、平《やす》く出《い》でたまいき。

また鳴鏑《なりかぶら》を大野《おおぬ》の中《なか》に射入《いい》れて、その矢《や》を採《と》らしめたもう。かれ、その野《ぬ》に入《い》ります時《とき》に、すなわち、火《ひ》もてその野《ぬ》を焼《や》き廻《めぐ》らしつ。ここに出《い》でん所《ところ》を知《し》らざる間《あいだ》に、鼠《ねずみ》来《き》て云《い》いけるは「内《うち》はほらほら、外《と》はすぶすぶ」かく言《い》う故《ゆえ》にそこを踏《ふ》みしかば、落《お》ち隠《かく》り入《い》りし間《ほど》に、火《ひ》は焼《や》け過《す》ぎぬ。ここにその鼠《ねずみ》、その鳴鏑《なりかぶら》を咋《く》い持《も》ち出《い》で来《き》て奉《たてまつ》りき。その矢《や》の羽《は》は、その鼠《ねずみ》の子等《こども》みな喫《く》いたりき。

ここにその妻《みめ》、須世理毘売《すせりびめ》は喪具《はふりつもの》を持《も》ちて哭《な》きつつ来《き》まし、その父《ちち》の大神《おおかみ》は已《すで》に死《う》せぬと思《おも》おして、その野《ぬ》に出《い》で立《た》ちたまいき。ここにその矢《や》を持《も》ちて奉《たてまつ》る時《とき》に、家《いえ》に率《い》て入《い》りて、八田間《やたま》の大室《おおむろや》に喚《よ》び入《い》れて、その頭《みかしら》の虱《しらみ》を取《と》らしめたまいき。かれここにその頭《みかしら》を見《み》れば、呉公多《むかでさわ》に在《あ》り。ここにその妻《みめ》、椋《むく》の木《こ》の実《み》と赤土《はに》とをその夫《ひこじ》に授《さず》けたもう。かれ、その木《こ》の実《み》を咋《く》い破《やぶ》り、赤土《はに》を含《ふふ》みて唾《つば》き出《いだ》したまえば、その大神《おおかみ》、呉公《むかで》を咋《く》い破《やぶ》りて唾《つば》き出《いだ》すとおもおして、心《みこころ》に愛《は》しく思《おも》おして寝《い》ねましき。

ここにその大神《おおかみ》の髪《かみ》を握《と》りて、その室《むろや》の椽毎《たぎりごと》に結《ゆ》いつけて、五百引石《いおびきいし》をその室《むろや》の戸《と》に取《と》り塞《さ》えて、その妻《みめ》、須世理毘売《すせりびめ》を負《お》いて、すなわちその大神《おおかみ》の生大刀《いくたち》と生弓矢《いくゆみや》と、またその天沼琴《あめのぬごと》を取《と》り持《も》たして逃《に》げ出《い》でます時《とき》に、その天沼琴樹《あめのぬごとき》に払《ふ》れて地動鳴《つちとどろ》きぬ。かれ、寝《い》ねませる大神《おおかみ》、聞《き》き驚《おどろ》かして、その室《むろや》を引《ひ》き仆《たお》したまいき。然《しか》れども、椽《たぎり》に結《ゆ》える髪《かみ》を解《と》かす間《ま》に、遠《とお》く逃《に》げたまいき。

かれここに黄泉比良坂《よもつひらさか》まで追《お》い至《い》でまして、遥々《はろばろ》に望《みさ》けて、大穴牟遅神《おおあなむぢのかみ》を呼《よ》ばいて言《の》りたまわく「その汝《な》が持《も》てる生大刀《いくたち》・生弓矢《いくゆみや》をもちて、汝《な》が庶兄弟《ままあにおと》どもおば、坂《さか》の御尾《みお》に追《お》い伏《ふ》せ、また河《かわ》の瀬《せ》に追《お》い払《はら》いて、おれ《オレ》大国主神《おおくにぬしのかみ》となり、また宇都志国玉神《うつしくにたまのかみ》となりて、その我《あ》が女《むすめ》、須世理毘売《すせりびめ》を嫡妻《むかいめ》として、宇迦《うか》の山《やま》の山本《やまもと》に、底《そこ》つ石根《いわね》に宮柱太《みやはしらふと》しり、高天原《たかあまはら》に氷椽《ひぎ》たかしりて居《お》れ。こ奴《やつ》よ」と曰《の》りたまいき。かれ、その大刀《たち》、弓《ゆみ》を持《も》ちて、かの八十神《やそがみ》を追《お》い避《さ》くる時《とき》、坂《さか》の御尾毎《みおごと》に追《お》い伏《ふ》せ、河《かわ》の瀬毎《せごと》に追《お》い払《はら》いて、国作《くにつく》り始《はじ》めたまいき。

かれ、その八上比売《やかみひめ》は先《さき》の期《ちぎり》の如《ごと》みとあたわしつ。かれ、その八上比売《やかみひめ》は率《い》て来《き》ましつれども、かの嫡妻《むかいめ》、須世理毘売《すせりびめ》を畏《かしこ》みて、その生《う》みませる子《みこ》をば木《き》の俣《また》に刺《さ》し挟《はさ》みて返《かえ》しまつりき。その子《みこ》の名《みな》を木俣神《きのまたのかみ》と云《もう》す。またの名《みな》は御井神《みいのかみ》と言《もう》す。

〈沼河比売《ぬなかわひめ》〉

この八千矛神《やちほこのかみ》、高志国《こしのくに》の沼河比売《ぬなかわひめ》を婚《よば》いに幸行《い》でましし時《とき》、その沼河比売《ぬなかわひめ》の家《いえ》に到《いた》りて歌《うた》い曰《たまわ》く、

八千矛《やちほこ》の　神《かみ》の命《みこと》は　八島国《やしまくに》　妻覓《つまま》ぎ難《か》ねて　遠々《とおとお》し
高志《こし》の国《くに》に　賢《さか》し女《め》を　有《あ》りと聞《き》かして　麗《くわ》し女《め》を
有《あ》りと聞《き》こして　さ婚《よば》いに　あり立《た》たし　婚《よば》いに
あり通《かよ》わせ　大刀《たち》が緒《お》も　未《いま》だ解《と》かずて　襲《おすひ》をも

未《いま》だ解《と》かねば　処女《おとめ》の　寝《な》すや板戸《いたど》を　押《お》そぶらい
我《わ》が立《た》たせれば　引《ひ》こずらい　我《あ》が立《た》たせれば
青山《あおやま》に　鵺《ぬえ》は鳴《な》き　さ野《ぬ》つ鳥《どり》　雉《きぎし》はとよむ　庭《にわ》つ鳥《どり》
鶏《かけ》は鳴《な》く　うれたくも　鳴《な》くなる鳥《とり》か　この鳥《とり》も
打《う》ちやめこせね　いしとうや　天馳《あまは》せ使《づか》い
事《こと》の語《かた》り言《ごと》も　是《こ》をば

ここにその沼河比売《ぬなかわひめ》、未《いま》だ戸《と》を開《ひら》かずて、内《うち》より歌《うた》い曰《たま》わく、

八千矛《やちほこ》の　神《かみ》の命《みこと》　ぬえ草《くさ》の　女《め》にしあれば　吾《わ》が心《こころ》
うらすの鳥《とり》ぞ　今《いま》こそは　ち鳥《どり》にあらめ　後《のち》は
な鳥《どり》にあらんを　いのちは　な死《し》せ給《たま》いそ
いしとうや　天馳《あまは》せ使《づか》い　事《こと》の語《かた》り言《ごと》も　是《こ》をば。
青山《あおやま》に　日《ひ》が隠《かく》らば　ぬば玉《たま》の　夜《よ》は出《い》でなむ《ン》
朝日《あさひ》の　咲《え》み栄《さか》え来《き》て　拷綱《たくづぬ》の　白《しろ》き腕《ただむき》　沫雪《あわゆき》の
若《わか》やる胸《むね》を　そだたき　たたきまながり　真玉手《またまで》

玉手《たまで》　さし枕《ま》き　股長《ももなが》に　寝《い》はなさんを
あやに　な恋《こ》い来《き》こし　八千矛《やちほこ》の　神《かみ》の命《みこと》
事《こと》の語《かた》り言《ごと》も　是《こ》をば。

かれ、その夜《よ》は合《あ》わずて、明日《くるひ》の夜《よ》、御合《みあ》いしたまいき。

〈須勢理毘売《すせりびめ》〉

また、その神《かみ》の嫡后《おおきさき》、須勢理毘売命《すせりびめのみこと》、甚《いた》く嫉妬《うわなりねたみ》したまいき。かれ、そのひこぢの神《かみ》わびて、出雲《いずも》より倭国《やまとのくに》に上《のぼ》りまさんとして、束装《よそ》い立《た》たす時《とき》に、片御手《かたみて》は御馬《みま》の鞍《くら》にかけ、片御足《かたみあし》はその御鐙《みあぶみ》に踏《ふ》み入《い》れて、歌《うた》い曰《たま》わく、

ぬば玉《たま》の　黒《くろ》き御衣《みけし》を　まつぶさに　取《と》り装《よそ》い
沖《おき》つ鳥《どり》　胸見《むなみ》る時《とき》　はたたぎも　これは適《ふさ》わず
辺《へ》つ波《なみ》　磯《そ》に脱《ぬ》ぎ棄《う》て　そに鳥《どり》の　青《あお》き御衣《みけし》を
まつぶさに　取《と》り装《よそ》い　沖《おき》つ鳥《どり》　胸見《むなみ》る時《とき》
はたたぎも　これも適《ふさ》わず　辺《へ》つ波《なみ》　磯《そ》に脱《ぬ》ぎ棄《う》て

山《やま》がたに　蒔《ま》きしあたね舂《つ》き　染木《そめき》が汁《しる》に　染《し》め衣《ごろも》を
まつぶさに　取《と》り装《よそ》い　沖《おき》つ鳥《どり》　胸見《むなみ》る時《とき》
はたたぎも　こしよろし
いと子《こ》やの　妹《いも》の命《みこと》　群鳥《むらどり》の　我《わ》が群《む》れ行《い》なば
退《ひ》け鳥《どり》の　我《わ》が退《ひ》け行《い》なば　泣《な》かじとは　汝《な》は言《い》うとも
山門《やまと》の　一本薄《ひともとすすき》　項傾《うなかぶ》し　汝《な》が泣《な》かさまく　朝雨《あさあめ》の
さ霧《ぎり》に立《た》たんぞ　若草《わかくさ》の　妻《つま》の命《みこと》　事《こと》の語《かた》り言《ごと》も　是《こ》をば。

ここに、その后《きさき》、大御酒杯《おおみさかずき》を取《と》らして、立《た》ち依《よ》り指挙《ささ》げて歌《うた》い曰《たま》わく、

八千矛《やちほこ》の　神《かみ》の命《みこと》や　吾《あ》が大国主《おおくにぬし》　汝《な》こそは
男《お》にいませば　打《う》ち見《み》る　島《しま》の岬々《さきざき》　掻《か》き見《み》る
磯《いそ》の岬落《さきお》ちず　若草《わかくさ》の　妻持《つまも》たせらめ
吾《あ》はもよ　女《め》にしあれば　汝置《なお》きて　男《お》はなし
汝置《なお》きて　夫《つま》はなし　綾垣《あやかき》の　ふはやが下《した》に　むし衾《ぶすま》
柔《にこ》やが下《した》に　栲衾《たくぶすま》　さやぐが下《した》に　沫雪《あわゆき》の

若《わか》やる胸《むね》を　栲綱《たくづぬ》の　白《しろ》き腕《ただむき》　そだたき
たたきまながり　真玉手《またまで》　玉手《たまで》さし枕《ま》き　股長《ももなが》に
寝《い》をしなせ　豊御酒《とよみき》　奉《たてまつ》らせ。

かく歌《うた》いて、すなわちうきゆいして、うながけりて、今《いま》に至《いた》るまで鎮《しず》まります。これを神語《かむがた》りと言《い》う。

〈大国主神《おおくにぬしのかみ》の子孫《しそん》〉

かれ、この大国主神《おおくにぬしのかみ》、胸形《むなかた》の奥津宮《おきつみや》に坐《いま》す神《かみ》、多紀理毘売命《たきりびめのみこと》に娶《あ》いて生《う》みませる子《みこ》、阿遅鉏高日子根神《あぢしきたかひこねのかみ》。つぎに妹高比売命《いもたかひめのみこと》。またの名《みな》は下光比売命《したてるひめのみこと》。この阿遅鉏高日子根神《あぢしきたかひこねのかみ》は今《いま》、迦毛大御神《かものおおみかみ》と謂《もう》す者《かみ》なり。

大国主神《おおくにぬしのかみ》、また神屋楯比売命《かむやたてひめのみこと》に娶《あ》いて生《う》みませる子《みこ》、事代主神《ことしろぬしのかみ》。また八島牟遅能《やしまむぢの》神《かみ》の女《むすめ》、鳥耳神《とりみみのかみ》に娶《あ》いて生《う》みませる子《みこ》、鳥鳴海神《とりなるみのかみ》。この神《かみ》、日名照額田毘道男伊許知邇神《ひなてるぬかたびちおいこちにのかみ》に娶《あ》いて生《う》みませる子《みこ》、国忍富神《くにおしとみのかみ》。この神《かみ》、葦那陀迦神《あしなだかのかみ》、またの名《みな》は、八河江比売《やかわえひめ》に娶《あ》いて生《う》みませる子《みこ》、速甕之多気佐波夜遅奴美神《はやみかのたけさはやぢぬみのかみ》。この神《かみ》、天之甕主神《あめのみかぬしのかみ》の女《むすめ》、前《さき》玉比売《たまひめ》に娶《あ》いて生《う》みませる子《みこ》、甕主日子神《みかぬしひこのかみ》。この神《かみ》、淤加美神《おかみのかみ》の女《むすめ》、比那良志毘売《ひならしびめ》に娶《あ》いて生《う》みませる子《みこ》、多比理岐志麻美神《たひりきしまみのかみ》。この神《かみ》、比比羅木之其花麻豆美神《ひいらぎのそのはなまづみのかみ》の女《むすめ》、活玉前《いくたまさき》玉比売《たまひめ》に娶《あ》いて生《う》みませる子《みこ》、美呂浪神《みろなみのかみ》。この神《かみ》、敷山主神《しきやまぬしのかみ》の女《むすめ》、青沼馬沼押比売《あおぬまぬおしひめ》に娶《あ》いて生《う》みませる子《みこ》、布忍富鳥鳴海神《ぬのおしとみとりなるみのかみ》。この神《かみ》、若昼女神《わかひるめのかみ》に娶《あ》いて生《う》みませる子《みこ》、天《あめの》日腹大科度美神《ひばらおおしなどみのかみ》。この神《かみ》、天狭霧神《あめのさぎりのかみ》の女《むすめ》、遠津待根神《とおつまちねのかみ》に娶《あ》いて生《う》みませる子《みこ》、遠津山《とおつやま》岬多良斯神《さきたらしのかみ》。

右《みぎ》の件《くだり》、八島士奴美神《やしまじぬみのかみ》よりしも、遠津山岬帯神《とおつやまさきたらしのかみ》まで、十七世《とおまりななよ》の神《かみ》と称《い》う。

〈少名毘古那神《すくなびこなのかみ》〉

かれ、大国主神《おおくにぬしのかみ》、出雲《いずも》の御大之御前《みほのみさき》に坐《いま》す時《とき》、波《なみ》の穂《ほ》より天之羅摩《あめのかがみ》の船《ふね》に乗《の》りて、鵝《さざき》の皮《かわ》を内剝《うつは》ぎに剝《は》ぎて衣服《きもの》にして、帰《よ》り来《く》る神《かみ》あり。かれ、その名《な》を問《と》い給《たま》えども、答《こた》えず。また従《したが》える諸神《かみたち》に問《と》い給《たま》えども、皆《みな》「知《し》らず」と白《もう》しき。ここに、たにぐく白《もう》さく「こはくえびこぞ必《かなら》ず知《し》りつらむ《ン》」と言《もう》せば、すなわちくえびこを召《め》して問《と》いたもう時《とき》「こは神産巣日《かむむすひ》の神《かみ》の御子《みこ》、少名毘古那神《すくなびこなのかみ》なり」と答《こた》え白《もう》しき。

かれここに神産巣日御祖命《かむむすひのみおやのみこと》に白《もう》し上《あ》げしかば、答《こた》えたまわく「こは実《まこと》に我《あ》が子《みこ》なり。子《みこ》の中《なか》に、我《あ》が手俣《たなまた》より漏《く》きし子《みこ》なり。かれ、汝《みまし》、葦原色許男命《あしはらしこおのみこと》と兄弟《あにおと》になりて、その国《くに》を作《つく》り堅《かた》めよ」と告《の》りたまいき。かれ、それより大穴牟遅《おおあなむぢ》と少名毘古那《すくなびこな》と二柱《ふたはしら》の神相並《かみあいなら》ばして、この国《くに》を作《つく》り堅《かた》めたまいき。

然《しか》る後《のち》には、少名毘古那神《すくなびこなのかみ》は常世国《とこよのくに》に度《わた》りましき。かれ、その少名毘古那神《すくなびこなのかみ》を顕《あら》わし白《もう》せりし、いわゆるくえびこは今《いま》に山田《やまだ》のそほどという者《もの》なり。この神《かみ》は行《ある》かねども、天下《あめのした》の事《こと》を尽《ことごと》くに知《し》れる神《かみ》になもありける。

〈御諸山《みもろやま》の神《かみ》〉

ここに大国主神《おおくにぬしのかみ》、愁《うれ》いまして「吾《あ》れ独《ひと》りして、何《いか》でかも能《よ》くこの国《くに》を得作《えつく》らむ《ン》。いずれの神《かみ》と共《とも》に、吾《あ》は能《よ》くこの国《くに》を相作《あいつく》らまし」と告《の》りたまいき。この時《とき》に海《うみ》を光《て》らして依《よ》り来《く》る神《かみ》あり。その神《かみ》の言《の》りたまわく「我《あ》が前《みまえ》をよく治《おさ》めてば、吾《あ》れ能《よ》く共々《ともども》に相《あい》作《つく》り成《な》してむ《ン》。もし然《しか》らずば国成《くにな》り難《がた》けまし」とのりたまいき。かれ、大国主神曰《おおくにぬしのかみもう》したまわく「然《しか》らば治《おさ》め奉《まつ》らん状《さま》はいかにぞ」ともうしたまえば、答《こた》えたまわく「吾《あれ》をば倭《やまと》の青垣《あおがき》の東《ひむがし》の山上《やまのえ》にいつき奉《まつ》れ」と言《の》りたまいき。こは御諸《みもろ》の山上《やまのえ》に坐《いま》す神《かみ》なり。

〈大年神《おおとしのかみ》の子孫《しそん》〉

かれ、その大年神《おおとしのかみ》、神活須毘神《かむいくすびのかみ》の女《むすめ》、伊怒比売《いのひめ》に娶《あ》いて生《う》みませる子《みこ》、大国御魂《おおくにみたまの》神《かみ》。つぎに韓神《からのかみ》、つぎに曽富理神《そほりのかみ》。つぎに向日神《むかひのかみ》。つぎに聖神《ひじりのかみ》〔五神《いつはしら》〕。また、香《か》用比売《よひめ》に娶《あ》いて生《う》みませる子《みこ》、大香山戸臣神《おおかぐやまとみのかみ》、つぎに御年神《みとしのかみ》〔二柱《ふたはしら》〕。また、天知迦《あめちか》流美豆比売《るみずひめ》に娶《あ》いて生《う》みませる子《みこ》、奥津日子神《おきつひこのかみ》。つぎに奥津比売命《おきつひめのみこと》。またの名《みな》は大戸《おおべ》比売神《ひめのかみ》。こは諸人《もろびと》のもち拝《いつ》く竈《かまど》の神《かみ》なり。つぎに大山咋神《おおやまくいのかみ》。またの名《みな》は山末之大主《やますえのおおぬしの》神《かみ》。この神《かみ》は近《ちか》つ淡海国《おうみのくに》の日枝山《ひえのやま》に坐《いま》し、また葛野《かづぬ》の松尾《まつのお》に坐《いま》す鳴鏑《なりかぶら》を用《もち》いたもう神《かみ》なり。つぎに庭津日神《にわつひのかみ》。つぎに阿須波神《あすはのかみ》。つぎに波比岐神《はひきのかみ》。つぎに香山戸臣神《かぐやまとみのかみ》。つぎに羽山戸神《はやまとのかみ》。つぎに庭高津日神《にわたかつひのかみ》。つぎに大土神《おおつちのかみ》。またの名《みな》は土之御祖神《つちのみおやのかみ》。〔九神《ここのはしら》〕

上《かみ》の件《くだり》、大年神《おおとしのかみ》の子《みこ》、大国御魂神《おおくにみたまのかみ》よりしも、大土神《おおつちのかみ》まで并《あわ》せて十六神《とおまりむはしら》。

羽山戸神《はやまとのかみ》、大気都比売神《おおげつひめのかみ》に娶《あ》いて生《う》みませる子《みこ》、若山咋神《わかやまくいのかみ》。つぎに若年神《わかとしのかみ》。つぎに妹若沙那売神《いもわかさなめのかみ》。つぎに弥豆麻岐神《みずまきのかみ》。つぎに夏高津日神《なつたかつひのかみ》。またの名《みな》は夏之売神《なつのめのかみ》。つぎに秋《あき》毘売神《びめのかみ》。つぎに久久年神《くくとしのかみ》。つぎに久久紀若室葛根神《くくきわかむろつなねのかみ》。

上《かみ》の件《くだり》、羽山戸神《はやまとのかみ》の子《みこ》、若山咋神《わかやまくいのかみ》よりしも、若室葛根《わかむろつなね》まで并《あわ》せて八神《やはしら》。

国譲《くにゆず》り

〈天菩比神《あめのほひのかみ》と天若日子《あめのわかひこ》〉

天照大御神《あまてらすおおみかみ》の命《みこと》もちて「豊葦原《とよあしはら》の千秋長五百秋《ちあきながいおあき》の水穂国《みずほのくに》は我《わ》が御子《みこ》、正勝吾勝勝速日天忍穂耳命《まさかあかつかちはやひあめのおしほみみのみこと》の知《し》らさん国《くに》なり」と言《こと》よさし賜《たま》いて天降《あまくだ》したまいき。ここに天忍穂耳命《あめのおしほみみのみこと》、天《あめ》の浮橋《うきはし》に立《た》たして詔《の》りたまわく「豊葦原《とよあしはら》の千秋長五百秋《ちあきながいおあき》の水穂国《みずほのくに》はいたくさやぎてありなり」と告《の》りたまいて、更《さら》に還《かえ》り上《のぼ》らして天照大御神《あまてらすおおみかみ》に請《こ》いたまいき。

ここに高御産巣日神《たかみむすひのかみ》・天照大御神《あまてらすおおみかみ》の命《みこと》もちて、天《あめ》の安河《やすのかわ》の河原《かわら》に八百万神《やおよろずのかみ》を神集《かむつど》え集《つど》えて、思金神《おもいかねのかみ》に思《おも》わしめて詔《の》りたまわく「この葦原中国《あしはらのなかつくに》は我《わ》が御子《みこ》の知《し》らさん国《くに》と言依《ことよ》さし賜《たま》える国《くに》なり。かれ、この国《くに》にちはやぶる荒振《あらぶ》る国《くに》つ神等《かみども》の多《さわ》に在《あ》るとおもおすは、これいずれの神《かみ》を使《つか》わして言《こと》むけまし」とのりたまいき。ここに思金神《おもいかねのかみ》また八百万神《やおよろずのかみ》議《たばか》りて「天菩比神《あめのほひのかみ》これ遣《つか》わすべし」と白《もう》しき。かれ、天菩比神《あめのほひのかみ》を遣《つか》わしつれば、すなわち大国主神《おおくにぬしのかみ》に媚《こ》び付《つ》きて、三年《みとせ》に至《な》るまで復奏《かえりごともう》さざりき。

ここをもちて、高御産巣日神《たかみむすひのかみ》・天照大御神《あまてらすおおみかみ》、また諸々《もろもろ》の神等《かみたち》に問《と》いたまわく「葦原《あしはらの》中国《なかつくに》に遣《つか》わせる天菩比神《あめのほひのかみ》、久《ひさ》しく復奏《かえりごともう》さず。またいずれの神《かみ》を遣《つか》わしてば吉《え》けむ《ン》」と問《と》いたまいき。ここに思金神《おもいかねのかみ》答《こた》え白《もう》しけらく「天津国玉神《あまつくにたまのかみ》の子《みこ》、天若日子《あめのわかひこ》を遣《つか》わすべし」ともうしき。ここに天《あめ》のまかこ弓《ゆみ》、天《あめ》のはは矢《や》を天若日子《あめのわかひこ》に賜《たま》いて遣《つか》わしき。ここに天若日子《あめのわかひこ》、かの国《くに》に降《くだ》り到《つ》きて、すなわち大国主神《おおくにぬしのかみ》の女《むすめ》、下照比売《したてるひめ》に娶《あ》いて、またその国《くに》を獲《え》んと慮《おもいはか》りて、八年《やとせ》に至《な》るまで、復奏《かえりごともう》さざりき。

かれここに天照大御神《あまてらすおおみかみ》・高御産巣日神《たかみむすひのかみ》また諸々《もろもろ》の神等《かみたち》に問《と》いたまわく「天若日子《あめのわかひこ》、久《ひさ》しく復奏《かえりごともう》さず。またいずれの神《かみ》を遣《つか》わして、天若日子《あめのわかひこ》が久《ひさ》しく留《とど》まる所以《ゆえ》を問《と》わしめむ《ン》」と問《と》いたまいき。ここに諸々《もろもろ》の神《かみ》と思金神《おもいかねのかみ》、答《こた》え曰《もう》さく「雉《きぎし》、名《な》は鳴女《なきめ》を遣《つか》わしてむ《ン》」と言《もう》す時《とき》に、詔《の》りたまわく「汝《いまし》、行《ゆ》きて天若日子《あめのわかひこ》に問《と》わん状《さま》は『汝《いまし》を葦《あし》原中国《はらのなかつくに》に使《つか》わせる所以《ゆえ》は、その国《くに》の荒振《あらぶ》る神等《かみども》を言《こと》むけ和《やわ》せとなり。何《な》ぞ八年《やとせ》に至《な》るまで復奏《かえりごともう》さざる』と問《と》え」とのりたまいき。

かれここに鳴女《なきめ》、天《あめ》より降《くだ》り到《つ》きて、天若日子《あめのわかひこ》の門《かど》なるゆつ楓《かつら》の上《うえ》に居《い》て、委曲《まつぶさ》に天《あま》つ神《かみ》の詔命《おおみこと》の如《ごと》言《の》りき。ここに天《あめ》のさぐめこの鳥《とり》の言《い》うことを聞《き》きて、天若日子《あめのわかひこ》に語《つ》げて言《い》わく「この鳥《とり》は、その鳴《な》く音《こえ》いと悪《あ》し。かれ、射殺《いころ》すべし」と云《い》い進《すす》むれば、すなわち天若日子《あめのわかひこ》、天《あま》つ神《かみ》の賜《たま》える天《あめ》のはじ弓《ゆみ》、天《あめ》のかく矢《や》を持《も》ちてその雉《きぎし》を射殺《いころ》しつ。ここにその矢《や》、雉《きぎし》の胸《むね》より通《とお》りて、逆《さか》さまに射上《いあ》げらえて、天《あめ》の安河《やすのかわ》の河原《かわら》に坐《ま》します天照大御神《あまてらすおおみかみ》・高木神《たかぎのかみ》の御所《みもと》に逮《いた》りき。この高木神《たかぎのかみ》は高御産巣日神《たかみむすひのかみ》の別《また》の名《みな》なり。

かれ、高木神《たかぎのかみ》、その矢《や》を取《と》らして見《み》そなわすれば、その矢《や》の羽《は》に血《ち》つきたりき。ここに高木神《たかぎのかみ》「この矢《や》は天若日子《あめのわかひこ》に賜《たま》えりし矢《や》ぞかし」と告《の》りたまいて、すなわち諸々《もろもろ》の神等《かみたち》に示《み》せて、詔《の》りたまえらくは「もし天若日子《あめのわかひこ》、命《みこと》を誤《たが》えず悪神《あらぶるかみ》を射《い》たりし矢《や》の至《きた》りしならば、天若日子《あめのわかひこ》に中《あた》らざれ。もし邪《きたな》き心《こころ》あらば、天若日子《あめのわかひこ》この矢《や》にまがれ」と云《の》りて、その矢《や》を取《と》らして、その矢《や》の穴《あな》より衝《つ》き返《かえ》し下《くだ》したまえば、天若日子《あめのわかひこ》が胡床《あぐら》に寝《いね》たる高胸坂《たかむなさか》に中《あた》りて死《う》せにき。〔これ、還矢《かえしや》恐《おそ》るべしという本《もと》なり〕 またかの雉《きぎし》還《かえ》らず。かれ、今《いま》に諺《ことわざ》に「雉《きぎし》の頓使《ひたづかい》」という本《もと》これなり。

〈阿遅志貴高日子根神《あぢしきたかひこねのかみ》〉

かれ、天若日子《あめのわかひこ》の妻《め》、下照比売《したてるひめ》の哭《な》かせる声《こえ》、風《かぜ》のむた響《ひび》きて天《あめ》に到《いた》りき。ここに天《あめ》なる天若日子《あめのわかひこ》の父《ちち》天津国玉神《あまつくにたまのかみ》、またその妻子《めこ》ども聞《き》きて、降《くだ》り来《き》て哭《な》き悲《かな》しみて、すなわちそこに喪屋《もや》を作《つく》りて、河雁《かわがり》をきさり持《もち》とし、鷺《さぎ》を掃《はは》き持《もち》とし、翠鳥《そにどり》を御食人《みけびと》とし、雀《すずめ》を碓女《うすめ》とし、雉《きぎし》を哭《な》き女《め》とし、かく行《おこな》い定《さだ》めて、日八日夜八夜《ひやかよやよ》を遊《あそ》びたりき。

この時《とき》、阿遅志貴高日子根神《あぢしきたかひこねのかみ》到《き》まして、天若日子《あめのわかひこ》の喪《も》を弔《とぶら》いたもう時《とき》、天《あめ》より降《くだ》り到《き》つる天若日子《あめのわかひこ》が父《ちち》、またその妻《め》皆《みな》哭《な》きて云《い》わく「我《あ》が子《こ》は死《し》なずてありけり」「我《あ》が君《きみ》は死《し》なずて坐《ま》しけり」と云《い》いて、手足《てあし》に取《と》り懸《かか》りて哭《な》き悲《かな》しみき。その過《あやま》てる所以《ゆえ》は、この二柱《ふたはしら》の神《かみ》の容姿《かたち》いとよく相似《あいに》たり。かれ、ここをもちて過《あやま》てるなり。

ここに阿遅志貴高日子根神《あぢしきたかひこねのかみ》、いたく怒《いか》りて曰《い》いけらく「我《あ》は愛《うるわ》しき友《とも》なれこそ弔《とぶら》い来《き》つれ。何《なに》とかも吾《あれ》を穢《きたな》き死人《しにびと》に比《なぞ》うる」と云《い》いて、佩《は》きませる十掬剣《とつかつるぎ》を抜《ぬ》きて、その喪屋《もや》を切《き》り伏《ふ》せ、足《あし》もちて蹶《く》え離《はな》ちやりき。こは美濃国《みののくに》の藍見河《あいみがわ》の河上《かわかみ》なる喪山《もやま》の者《かみ》なり。その持《も》ちて切《き》れる大刀《たち》の名《な》は大量《おおばかり》と言《い》う。またの名《な》は神度剣《かむどのつるぎ》とも言《い》う。かれ、

阿治志貴高日子根神《あぢしきたかひこねのかみ》は忿《いか》りて飛《と》び去《さ》りたもう時《とき》に、そのいろ妹《も》高比売命《たかひめのみこと》、その御名《みな》を顕《あら》わさんと思《おも》いて、歌《うた》いけらく、

天《あめ》なるや　弟棚機《おとたなばた》の　嬰《うな》がせる　玉《たま》の御統《みすまる》　御統《みすまる》に
穴玉《あなだま》はや　み谷《たに》　二渡《ふたわた》らす　阿治志貴《あじしき》　高日子根《たかひこね》の
神《かみ》ぞや

この歌《うた》は夷振《ひなぶり》なり。

〈建御雷神《たけみかづちのかみ》と事代主神《ことしろぬしのかみ》〉

ここに天照大御神《あまてらすおおみかみ》詔《の》りたまわく「またいずれの神《かみ》を遣《つか》わしてば吉《え》けむ《ン》」。かれ、思《おも》金神《かねのかみ》と諸々《もろもろ》の神《かみ》たち白《もう》しけらく「天安河《あめのやすのかわ》の河上《かわかみ》の天石屋《あめのいわや》に坐《ま》す、名は伊都之尾羽《いつのおは》張神《ばりのかみ》これ遣《つか》わすべし。もしまたこの神《かみ》ならずば、その神《かみ》の子《みこ》建御雷之男神《たけみかづちのおのかみ》、これ遣《つか》わすべし。またその天尾羽張神《あめのおはばりのかみ》は天安河《あめのやすのかわ》の水を逆《さか》さまに塞《せ》き上《あ》げて、道《みち》を塞《せ》き居《お》れば、他神《あだしかみ》は得行《えゆ》かじ。かれ、別《こと》に天迦久神《あめのかくのかみ》を遣《つか》わして問《と》うべし」ともうしき。かれここに天迦久神《あめのかくのかみ》を使《つか》わして、天尾羽張神《あめのおはばりのかみ》に問《と》う時《とき》、答《こた》え白《もう》さく「恐《かしこ》し、仕《つか》え奉《まつ》らむ《ン》。然《しか》れ

どもこの道《みち》には僕《あ》が子建御雷神《みこたけみかづちのかみ》を遣《つか》わすべし」ともうして、すなわち貢進《たてまつ》りき。ここに天鳥船神《あめのとりふねのかみ》を建御雷神《たけみかづちのかみ》に副《そ》えて遣《つか》わしき。

ここをもちてこの二神《ふたはしらのかみ》、出雲国《いずものくに》の伊那佐《いなさ》の小浜《おばま》に降《くだ》り到《つ》きて、十掬剣《とつかつるぎ》を抜《ぬ》きて浪《なみ》の穂《ほ》に逆《さか》さまに刺《さ》し立《た》てて、その剣《つるぎ》の前《さき》に趺《あぐ》み坐《ま》して、その大国主神《おおくにぬしのかみ》に問《と》いたまわく「天照大御神《あまてらすおおみかみ》・高木神《たかぎのかみ》の命《みこと》もちて問《と》いに使《つか》わせり。汝《な》がうしはける葦原中国《あしはらのなかつくに》は、我《あ》が御子《みこ》のしらす国《くに》と言依《ことよ》さし賜《たま》えり。かれ、汝《な》が心《こころ》いかに」と問《と》いたもう時《とき》に、答《こた》え曰《もう》さく「僕《あ》は得白《えもう》さじ。我《あ》が子《みこ》、八重事代主神《やえことしろぬしのかみ》これ曰《もう》すべし。然《しか》れども、鳥《とり》の遊《あそび》、取《すな》魚《どり》しに御大之前《みほのさき》に往《ゆ》きて未《いま》だ還《かえ》り来《こ》ず」ともうしき。かれここに天鳥船神《あめのとりふねのかみ》を遣《つか》わして、八重事代主神《やえことしろぬしのかみ》を徴《め》し来《き》て問《と》い賜《たも》う時《とき》に、その父《ちち》の大神《おおかみ》に「恐《かしこ》し、この国《くに》は天神《あまつかみ》の御子《みこ》に立奉《たてまつ》りたまえ」と言《い》いて、すなわちその船《ふね》を踏《ふ》み傾《かたぶ》けて、天《あま》の逆手《さかて》を青柴垣《あおふしがき》に打《う》ち成《な》して隠《かく》れましき。

〈建御名方神《たけみなかたのかみ》〉

かれここにその大国主神《おおくにぬしのかみ》に問《と》いたまわく「今《いま》、汝《な》が子《みこ》、事代主神《ことしろぬしのかみ》かく白《もう》しぬ。また白《もう》すべき子《みこ》有《あ》りや」と問《と》いたまいき。ここにまた白《もう》しつらく「また我《あ》が子《みこ》建御名方神《たけみなかたのかみ》あり。これを除《お》きては無《な》し」かく白《もう》したもう間《おり》しも、その建御名方神《たけみなかたのかみ》、千引石《ちびきのいわ》を手末《たなすえ》にささげて来《き》て「誰《たれ》ぞ、我《あ》が国《くに》に来《き》て、忍《しの》び忍《しの》びかく物言《ものい》う。然《しか》らば力競《ちからくら》べせむ《ン》。かれ、我《あれ》先《ま》ずその御手《みて》を取《と》らむ《ン》」と言《い》う。かれ、その御手《みて》を取《と》らしむれば、すなわち立氷《たちひ》に取《と》り成《な》し、また剣刃《つるぎは》に取《と》り成《な》しつ。かれここに懼《おそ》れて退《しり》ぞき居《お》りき。

ここにその建御名方神《たけみなかたのかみ》の手《て》を取《と》らんと乞《こ》い帰《かえ》して取《と》れば、若葦《わかあし》を取《と》るが如《ごと》、つかみ批《ひし》ぎて投《な》げ離《はな》ちたまえば、すなわち逃《に》げ去《い》にき。かれ追《お》い往《ゆ》きて、科野国《しなぬのくに》の州羽海《すわのうみ》に迫《せ》め到《いた》りて、殺《ころ》さんとしたもう時《とき》に、建御名方神《たけみなかたのかみ》白《もう》しつらく「恐《かしこ》し、我《あ》をな殺《ころ》したまいそ。この地《ところ》を除《お》きては他処《あたしところ》に行《ゆ》かじ。また我《あ》が父大国主神《ちちおおくにぬしのかみ》の命《みこと》に違《たが》わじ。八重事代主神《やえことしろぬしのかみ》の言《こと》に違《たが》わじ。この葦原中国《あしはらのなかつくに》は天神《あまつかみ》の御子《みこ》の命《みこと》のままに献《たてまつ》らむ《ン》」ともうしたまいき。

〈大国主神《おおくにぬしのかみ》の国譲《くにゆず》り〉

かれ、更《さら》にまた還《かえ》り来《き》て、その大国主神《おおくにぬしのかみ》に問《と》いたまわく「汝《いまし》が子等《こども》、事代主神《ことしろぬしのかみ》・建《たけ》御名方神《みなかたのかみ》の二神《ふたり》は天神《あまつかみ》の御子《みこ》の命《みこと》のままに違《たが》わじと白《もう》しぬ。かれ、汝《いまし》が心《こころ》いかに」

と問《と》いたまいき。ここに答《こた》え白《もう》さく「僕《あ》が子等《こども》二神《ふたり》の白《もう》せる随《まにま》に、僕《あれ》も違《たが》わじ。この葦《あし》原中国《はらのなかつくに》は命《みこと》の随《まにま》にすでに献《たてまつ》らむ《ン》。ただ僕《あ》が住所《すみか》をば、天神《あまつかみ》の御子《みこ》の天津日継《あまつひつぎ》知《し》ろしめさんとだる天《あめ》の御巣《みす》の如《ごと》くして、底《そこ》つ石根《いわね》に宮柱《みやはしら》ふとしり、高天原《たかあまはら》に氷木《ひぎ》たかしりて治《おさ》め賜《たま》わば、僕《あ》は百足《ももた》らず八十《やそ》クマ手《くまで》に隠《かく》りて侍《さもら》いなむ《ン》。また僕《あ》が子等《こども》、百八十神《ももやそがみ》は、八重事代主神《やえことしろぬしのかみ》、神《かみ》の御尾前《みおさき》となりて仕《つか》え奉《まつ》らば、違《たが》う神《かみ》は非《あら》じ」かく白《もう》してすなわち隠《かく》りましき。

かれ、白《もう》したまいし随《まに》まに、出雲国《いずものくに》の多芸志《たぎし》の小浜《おばま》に天《あめ》の御舎《みあらか》を造《つく》りて、水戸神《みなとのかみ》の孫《ひこ》、櫛八玉神《くしやたまのかみ》を膳夫《かしわで》として、天《あめ》の御饗《みあえ》献《たてまつ》る時《とき》に、禱《ね》ぎ白《もう》して、櫛八玉神《くしやたまのかみ》、鵜《う》に化《な》りて海《わた》の底《そこ》に入《い》りて、底《そこ》のはにを咋《く》い出《い》で、天《あめ》の八十《やそ》ひらかを作《つく》りて、海布《め》の柄《から》を鎌《か》りて燧臼《ひきりうす》に作《つく》り、海蓴《こも》の柄《から》を燧杵《ひきりきね》に作《つく》りて、火《ひ》を鑽《き》り出《い》でて云《もう》しけらく、

「この我《あ》が燧《き》れる火《ひ》は、高天原《たかあまはら》には神産巣日《かむむすひ》の御祖命《みおやのみこと》のとだる天《あめ》の新巣《にいす》の凝烟《すす》の、八拳垂《やつかた》るまで焼《た》きあげ、地《つち》の下《した》は底《そこ》つ石根《いわね》に焼《た》き凝《こ》らして、栲縄《たくなわ》の千尋縄《ちひろなわ》打《う》ち延《は》え、釣《つり》せる海人《あま》が口大《くちおお》の尾翼鱸《おはたすずき》、さわさわにひき依《よ》せあげて、拆竹《さきたけ》のとおおとおおに天《あめ》の真魚咋《まなぐい》献《たてまつ》る」

ともうしき。かれ、建御雷神《たけみかづちのかみ》、返《かえ》り参上《まいのぼ》りて、葦原中国《あしはらのなかつくに》を言向《ことむ》け和平《やわ》しつる状《さま》を復奏《かえりごともう》したまいき。

天孫邇邇芸命《てんそんににぎのみこと》の降臨《こうりん》

〈邇邇芸命《ににぎのみこと》と猿田毘古神《さるたびこのかみ》〉

ここに天照大御神《あまてらすおおみかみ》・高木神《たかぎのかみ》の命《みこと》もちて、太子《ひつぎのみこ》、正勝吾勝勝速日天忍穂耳命《まさかあかつかちはやひあめのおしほみみのみこと》に詔《の》りたまわく「今《いま》、葦原中国《あしはらのなかつくに》を平《ことむ》け訖《お》えぬと白《もう》す。かれ、言依《ことよ》さし賜《たま》えりしまにまに、降《くだ》り坐《ま》して知《し》ろしめせ」とのりたまいき。ここにその太子《ひつぎのみこ》、正勝吾勝勝速日天忍穂耳命《まさかあかつかちはやひあめのおしほみみのみこと》の答《こた》えたまわく「僕《あ》は降《くだ》りなん装束《よそい》せし間《ほど》に、子《みこ》生《あ》れましつ。名《みな》は、天邇岐志国邇岐志天津日高日子番能邇邇芸命《あめにぎしくににぎしあまつひこひこほのににぎのみこと》、この子《みこ》を降《くだ》すべし」と白《もう》したまいき。

この御子《みこ》は、高木神《たかぎのかみ》の女《むすめ》、万幡豊秋津師比売命《よろずはたとよあきつしひめのみこと》に御合《みあい》まして生《う》みませる子《みこ》、天之火明命《あめのほあかりのみこと》、つぎに日子番能邇邇芸命《ひこほのににぎのみこと》、二柱《ふたはしら》にます。ここをもちて白《もう》したもうまにまに、日子番能邇邇芸命《ひこほのににぎのみこと》に科《おお》せて「この豊葦原水穂国《とよあしはらのみずほのくに》は、汝《みまし》知らさん国《くに》なりと言依《ことよ》さし賜《たも》う。かれ、命《みこと》のまにまに天降《あも》りますべし」と詔《の》りたまいき。

ここに日子番能邇邇芸命《ひこほのににぎのみこと》、天降《あも》りまさんとする時《とき》に、天之八衢《あめのやちまた》に居《い》て、上《かみ》は高天原《たかあまはら》を光《てら》し、下《しも》は葦原中国《あしはらのなかつくに》を光《てら》す神《かみ》ここにあり。かれここに天照大御神《あまてらすおおみかみ》・高木神《たかぎのかみ》の命《みこと》もちて、天宇受売神《あめのうずめのかみ》に詔《の》りたまわく「汝《いまし》は手弱女《たわやめ》なれども、いむかう神《かみ》と面勝《おもか》つ神《かみ》なり。かれ、専《もは》ら汝往《いましゆ》きて問《と》わまくは『吾《あ》が御子《みこ》の天降《あも》りまさんとする道《みち》を誰《た》ぞ如此《かく》て居《お》る』と問《と》え」とのりたまいき。かれ、問《と》わせ賜《たも》う時《とき》に答《こた》え白《もう》さく「僕《あれ》は国神《くにつかみ》、名《な》は猿田毘《さるたび》古神《このかみ》なり。出《い》で居《い》るゆえは、天神《あまつかみ》の御子《みこ》、天降《あも》り坐《ま》すと聞《き》きつる故《ゆえ》に、御前《みさき》に仕《つか》え奉《まつ》らんとして、参向《まいむか》え侍《さむ》ろうぞ」ともうしたまいき。

〈天孫降臨《てんそんこうりん》〉

ここに、天児屋命《あめのこやねのみこと》・布刀玉命《ふとだまのみこと》・天之宇受売命《あめのうずめのみこと》・伊斯許理度売命《いしこりどめのみこと》・玉祖命《たまのやのみこと》、并《あわ》せて五伴緒《いつとものお》を支《くま》り加《くわ》えて天降《あまくだ》りまさしめたまいき。ここに、かのおぎし八尺勾玉《やさかのまがたま》・鏡《かがみ》また草那芸剣《くさなぎのつるぎ》、また常世思金神《とこよのおもいかねのかみ》・手力男神《たぢからおのかみ》・天石門別神《あめのいわとわけのかみ》を副《そ》え賜《たま》いて詔《の》りたまえらくは「この鏡《かがみ》は専《もは》ら我《あ》が御魂《みたま》として、吾《あ》が前《みまえ》を拜《いつ》くが如《ごと》いつき奉《まつ》れ。つぎに思金神《おもいかねのかみ》は前《みまえ》の事《こと》を取《と》り持《も》ちて政《まつりごと》せよ」とのりたまいき。

この二柱《ふたはしら》の神《かみ》は、さくくしろ伊須受能宮《いすずのみや》に拜《いつ》き祭《まつ》る。つぎに登由宇気神《とゆうけのかみ》、こは外宮《とつのみや》の度相《わたらい》に坐《ま》す神《かみ》なり。つぎに天石戸別神《あめのいわとわけのかみ》、またの名《みな》は櫛石窓神《くしいわまどのかみ》と言《もう》し、またの名《みな》は豊石窓神《とよいわまどのかみ》とも言《もう》す。この神《かみ》は御門《みかど》の神《かみ》なり。つぎに手力男神《たぢからおのかみ》は佐那之県《さなのがた》に坐《ま》せり。かれ、その天児屋命《あめのこやねのみこと》は中臣連等《なかとみのむらじら》が祖《おや》。布刀玉命《ふとだまのみこと》は忌部首等《いんべのおびとら》が祖《おや》。天宇受売命《あめのうずめのみこと》は猿女君等《さるめのきみら》が祖《おや》。伊斯許理度売命《いしこりどめのみこと》は鏡作連等《かがみつくりのむらじら》が祖《おや》。玉祖命《たまのやのみこと》は玉祖連等《たまのやのむらじら》が祖《おや》なり。

かれ、ここに天津日子番能邇邇芸命《あまつひこほのににぎのみこと》に詔《みことのり》して、天之石位《あめのいわくら》を離《はな》れ、天《あめ》の八重《やえ》たな雲《ぐも》を押《お》し分《わ》けて、いつのちわきちわきて、天《あめ》の浮橋《うきはし》にうきまじり、そりたたして、竺紫《つくし》の日向《ひむか》の高千穂《たかちほ》のくじふる峯《たけ》に天降《あも》り坐《ま》さしめき。

かれ、ここに天忍日命《あめのおしひのみこと》・天津久米命《あまつくめのみこと》二人《ふたり》、天《あめ》の石靫《いわゆぎ》を取《と》り負《お》い、頭椎《くぶつち》の大刀《たち》を取《と》り佩《は》き、天《あめ》のはじ弓《ゆみ》を取《と》り持《も》ち、天《あめ》のまかご矢《や》を手挟《たばさ》み、御前《みさき》に立《た》たして仕《つか》え奉《まつ》りき。かれ、その天忍日命《あめのおしひのみこと》、こは大伴連等《おおとものむらじら》が祖《おや》。天津久米命《あまつくめのみこと》、こは久米直等《くめのあたいら》が祖《おや》なり。

ここに詔《の》りたまわく「この地《くに》は韓国《からくに》に向《む》かい、笠沙《かささ》の御前《みさき》に求《ま》ぎ通《とお》りて、朝日《あさひ》の直刺《たださ》す国《くに》、夕日《ゆうひ》の日照《ひで》る国《くに》なり。かれ、此地《ここ》ぞいと吉《よ》き地《ところ》」と詔《の》りたまいて、底《そこ》つ石根《いわね》に宮《みや》柱《はしら》ふとしり、高天原《たかあまはら》に氷椽《ひぎ》たかしりて坐《ま》しましき。

〈猿田毘古神《さるたびこのかみ》と天宇受売命《あめのうずめのみこと》〉

かれ、ここに天宇受売命《あめのうずめのみこと》に詔《の》りたまわく「この御前《みさき》に立《た》ちて仕《つか》え奉《まつ》りし猿田毘古大《さるたびこのおお》神《かみ》をば専《もは》ら顕《あら》わし申《もう》せる汝《いまし》、送《おく》り奉《まつ》れ。またその神《かみ》の御名《みな》は、汝《いまし》、負《お》いて仕《つか》え奉《まつ》れ」とのりたまいき。これをもちて、猿女君《さるめのきみ》等《ら》その猿田毘古《さるたびこ》の男神《おのかみ》の名《みな》を負《お》いて女《おみな》を猿女君《さるめのきみ》と呼《よ》ぶことこれなり。

かれ、その猿田毘古神《さるたびこのかみ》、阿邪訶《あざか》に坐《いま》しける時《とき》に、漁《すなどり》してひらぶ貝《がい》にその手《て》を咋《く》い合《あわ》さえて、海塩《うしお》に沈《しず》み溺《おぼ》れたまいき。かれ、その底《そこ》に沈《しず》み居《い》たもう時《とき》の名《みな》を底度久御魂《そこどくみたま》と言《もう》し、その海水《うしお》のつぶたつ時《とき》の名《みな》を都夫多都御魂《つぶたつみたま》と言《もう》し、その泡《あわ》さく時《とき》の名《みな》を阿和佐久御《あわさくみ》魂《たま》と言《もう》す。

ここに猿田毘古神《さるたびこのかみ》を送《おく》りて還《かえ》り到《いた》りてすなわち悉《ことごと》に鰭《はた》の広物《ひろもの》・鰭《はた》の狭物《さもの》を追《お》い聚《あつ》めて「汝《いまし》は天《あま》つ神《かみ》の御子《みこ》に仕《つか》え奉《まつ》らんや」と問《と》い言《い》う時《とき》に、諸々《もろもろ》の魚《うお》どもみな「仕《つか》え奉《まつ》らむ《ン》」

と白《もう》す中《なか》に、海鼠《こ》白《もう》さず。かれ、天宇受売命《あめのうずめのみこと》、海鼠《こ》に言《い》いけらく「この口《くち》や答《こた》えせぬ口《くち》」と云《い》いて、紐小刀《ひもこがたな》をもちてその口《くち》を拆《さ》きき。かれ今《いま》に海鼠《こ》の口《くち》拆《さ》けたり。これをもちて、御世《みよ》、御世《みよ》、島《しま》の速贄《はやにえ》献《たてまつ》る時《とき》に、猿女君《さるめのきみ》等《ら》に給《たも》うなり。

〈木花之佐久夜毘売《このはなのさくやびめ》〉

ここに天津日高日子番能邇邇芸命《あまつひこひこほのににぎのみこと》、笠沙《かささ》の御前《みさき》に麗《うるわし》き美人《おとめ》に遇《あ》いたまいき。すなわち「誰《た》が女《むすめ》ぞ」と問《と》いたまえば、答《こた》えもうしたまわく「大山津見神《おおやまつみのかみ》の女《むすめ》、名《みな》は神阿多都《かむあたつ》比売《ひめ》、またの名《な》は、木花之佐久夜毘売《このはなのさくやびめ》」と言《もう》したまいき。また「汝《いまし》が兄弟《はらから》有《あ》りや」と問《と》いたまえば「我《あ》が姉《あね》、石長比売《いわながひめ》あり」と答《こた》え白《もう》したまいき。かれ、詔《の》りたまわく「吾《あれ》、汝《いまし》に目合《まぐわ》いせんと欲《おも》うはいかに」とのりたまえば「僕《あれ》は得白《えもう》さじ。僕《あ》が父大山津見神《ちちおおやまつみのかみ》ぞ白《もう》さむ《ン》」と答白《もう》したまいき。

かれ、その父大山津見神《ちちおおやまつみのかみ》に乞《こ》い遣《つか》わしける時《とき》に、大《いた》く歓喜《よろこ》びて、その姉石長比売《あねいわながひめ》を副《そ》えて、百取《ももとり》の机代《つくえしろ》の物《もの》を持《も》たしめて出《いだ》し奉《たてまつ》りき。かれここに、その姉《あね》はいと凶醜《みにく》きに因《よ》りて、見畏《みかしこ》みて返《かえ》し送《おく》りたまいて、唯《ただ》その弟木花之佐久夜毘売《おとこのはなのさくやびめ》をのみ留《とど》めて、一宿婚《ひとよみあい》しましき。

ここに大山津見神《おおやまつみのかみ》、石長比売《いわながひめ》を返《かえ》したまえるに因《よ》りて、大《いた》く恥《は》じて白《もう》し送《おく》りたまいける言《こと》は「我《あ》が女《むすめ》二人並《ふたりなら》べて立《た》て奉《まつ》れる由《ゆえ》は、石長比売《いわながひめ》を使《つか》わしてば、天《あま》つ神《かみ》の御子《みこ》の命《みいのち》は雪零《ゆきふ》り風吹《かぜふ》けども、とこしえなること石《いわ》の如《ごと》く、常堅《ときわ》に動《うご》かず坐《ま》しまさむ《ン》。また木花之佐久夜毘売《このはなのさくやびめ》を使《つか》わしてば、木《こ》の花《はな》の栄《さか》ゆるが如《ごと》、栄《さか》えましまさんとうけいて貢進《たてまつ》りき。かかるに今《いま》、石長比売《いわながひめ》を返《かえ》して、木花之佐久夜毘売《このはなのさくやびめ》を独《ひと》り留《とど》めたまいつれば、天《あま》つ神《かみ》の御子《みこ》の御寿《みいのち》は木《こ》の花《はな》のあまひのみ坐《ま》しまさんとす」ともうしたまいき。かれ、ここをもちて今《いま》に至《いた》るまで、天皇命等《すめらみことたち》の御命《みいのち》長《なが》くましまさざるなり。

かれ後《のち》に、木花之佐久夜毘売《このはなのさくやびめ》参出《まいで》て白《もう》したまわく「妾《あれ》は妊身《はら》めるを、今産《いまう》むべき時《とき》になりぬ。この天《あま》つ神《かみ》の御子《みこ》は私《わたくし》に産《う》みまつる可《べ》きにあらず。かれ請《もう》す」ともうしたまいき。ここに詔《の》りたまわく「佐久夜毘売《さくやびめ》一宿《ひとよ》にや妊《はら》める。こは我《あ》が子《みこ》に非《あら》じ。必《かなら》ず国《くに》つ神《かみ》の子《こ》にこそあらめ」とのりたまえば、すなわち答《こた》え白《もう》さく「吾《あ》が妊《はら》める子《みこ》、もし国《くに》つ神《かみ》の子《こ》ならんには、産《う》むとき幸《さき》くあらじ。もし天《あま》つ神《かみ》の御子《みこ》に坐《ま》さば幸《さき》くあらむ《ン》」ともうして、すなわち戸無《とな》き八尋殿《やひろどの》を作《つく》りて、その殿内《とのぬち》に入《い》りまして、土《はに》もて塗《ぬ》り塞《ふた》ぎて、産《う》みます時《とき》に方《あた》りて、その殿《との》に火《ひ》をつけてなも産《う》みましける。

かれ、その火《ひ》の盛《まさか》りに燃《も》ゆる時《とき》に生《あ》れませる子《みこ》の名《みな》は火照命《ほでりのみこと》〔こは隼人阿多君《はやとあたのきみ》の祖《おや》〕。つぎに生《あ》れませる子《みこ》の名《みな》は火須勢理命《ほすせりのみこと》。つぎに生《あ》れませる子《みこ》の御名《みな》は火遠理命《ほおりのみこと》、またの名《みな》は天津日高日子穂々出見命《あまつひこひこほほでみのみこと》。〔三柱《みはしら》〕

山幸彦《やまさちひこ》と海幸彦《うみさちひこ》

〈火遠理命《ほおりのみこと》と火照命《ほでりのみこと》〉


かれ、火照命《ほでりのみこと》は海佐知毘古《うみさちびこ》として、鰭《はた》の広物《ひろもの》・鰭《はた》の狭物《さもの》を取《と》りたまい、火遠理命《ほおりのみこと》は山佐知毘古《やまさちびこ》として、毛《け》の麁物《あらもの》・毛《け》の柔物《にごもの》を取《と》りたまいき。ここに火遠理命《ほおりのみこと》、その兄《いろせ》火《ほ》照命《でりの》に「各《かたみ》に佐知《さち》を易《か》えて用《もち》いてむ《ン》」と言《い》いて、三度《みたび》乞《こ》わししかども、許《ゆる》さざりき。しかれどもついにわずかに得相易《えあいか》えたまいき。

ここに火遠理命《ほおりのみこと》、海《うみ》さちをもちて魚釣《なつ》らすに、かつて一《ひと》つの魚《うお》も得《え》たまわず。またその鉤《つりばり》をさえに海《うみ》に失《うしな》いたまいき。ここにその兄《いろせ》火照命《ほでりのみこと》、その鉤《はり》を乞《こ》いて「山《やま》さちも己《おの》がさちさち、海《うみ》さちも己《おの》がさちさち。今《いま》は各々《おのもおのも》さち返《かえ》さむ《ン》」と言《い》う時《とき》に、その弟《いろと》火遠理命《ほおりのみこと》答《こた》えたまわく「汝《いまし》の鉤《つりばり》は魚釣《なつ》りしに一《ひと》つの魚《な》も得《え》ずて、ついに海《うみ》に失《うしな》いてき」と曰《の》りたまえども、その兄《いろせ》強《あなが》ちに乞《こ》い徴《はた》りき。かれ、その弟御佩《いろとみはかし》の十拳剣《とつかつるぎ》を破《やぶ》りて五百鉤《いおはり》を作《つく》りて償《つぐな》いたまえども取《と》らず。また千鉤《ちはり》を作《つく》りて償《つぐな》えども受《う》けずて「なおかの正本《もと》の鉤《はり》を得《え》む《ン》」とぞ云《い》いける。

ここにその弟《いろと》、海辺《うみべ》に泣《な》き患《うれ》いて居《い》ます時《とき》に、塩椎神《しおつちのかみ》来《き》て問《と》いけらく「何《いか》にぞ虚空《そら》津日高《つひこ》の泣《な》き患《うれ》いたもう所由《ゆえ》は」と問《と》えば、答《こた》えたまわく「我《あれ》、兄《いろせ》と鉤《はり》を易《か》えて、その鉤《はり》を失《うしな》いてき。かくてその鉤《はり》を乞《こ》うゆえに、多《あまた》の鉤《はり》を償《つぐな》いしかども、受《う》けずて『なおその本《もと》の鉤《はり》を得《え》む《ン》』と云《い》うなり。かれ、泣《な》き患《うれ》う」と言《の》りたまいき。

〈海神宮《わたつみのかみのみや》へ〉

ここに塩椎神《しおつちのかみ》「我《あれ》、汝《な》が命《みこと》のために善《よ》き議《ことばかり》せむ《ン》」と云《い》いて、すなわちまなしかつまの小船《おぶね》を造《つく》りて、その船《ふね》に載《の》せまつりて、教《おし》えけらく「我《あれ》この船《ふね》を押《お》し流《なが》さば、やや暫《しま》し往《い》でませ。味御路《うましみち》あらむ《ン》。すなわちその道《みち》に乗《の》りて往《い》でまさば、魚鱗《いろこ》の如造《ごとつく》れる宮《み》室《や》、それ綿津見神《わたつみのかみ》の宮《みや》なり。その神《かみ》の御門《みかど》に到《いた》りましなば、傍《かたえ》の井《い》の上《え》に湯津香木《ゆつかつら》あらむ《ン》。かれ、その木《き》の上《え》に坐《いま》しまさば、その海神《わたのかみ》の女《むすめ》見《み》て、相議《たばか》らんものぞ」と教《おし》えまつりき。

かれ、教《おし》えのまにまに少《すこ》し行《い》でましけるに、備《つぶ》さにその言《こと》の如《ごと》くなりしかば、すなわちその香木《かつら》に登《のぼ》りて坐《いま》しましき。ここに海神《わたのかみ》の女《むすめ》、豊玉毘売《とよたまびめ》の従婢《まかたち》、玉器《たまもひ》を持《も》ちて水《みず》酌《く》まんとする時《とき》、井《い》に光《かげ》あり。仰《あお》ぎて見《み》れば、麗《うるわ》しき壮夫《おとこ》あり。いと異奇《あや》しとおもいき。ここに火遠理命《ほおりのみこと》、その婢《まかたち》を見《み》たまいて「水《みず》を得《え》しめよ」と乞《こ》いたもう。婢《まかたち》すなわち水《みず》を酌《く》みて玉器《たまもひ》に入《い》れて貢進《たてまつ》りき。ここに水《みず》をば飲《の》みたまわずて、御頸《みくび》の珠《たま》を解《と》きて、口《みくち》に含《ふふ》みて、その玉器《たまもひ》に唾《つば》き入《い》れたまいき。ここにその玉《たま》、器《もひ》につきて、婢《まかたち》、玉《たま》を得離《えはな》たず。かれ、玉《たま》つけながら豊玉毘売命《とよたまびめのみこと》に進《たてまつ》りき。

ここにその玉《たま》を見《み》て婢《まかたち》に「もし門《かど》の外《と》に人《ひと》ありや」と問《と》いたまえば「我《あ》が井《い》の上《え》の香木《かつら》の上《うえ》に人《ひと》います。いと麗《うるわ》しき壮夫《おとこ》にます。我《あ》が王《きみ》にも益《まさ》りて、いと貴《とうと》し。かれ、その人《ひと》、水《みず》を乞《こ》わせる故《ゆえ》に奉《たてまつ》りしかば、水《みず》をば飲《の》まさずて、この玉《たま》をなも唾《つば》き入《い》れたまえる。これ得離《えはな》たぬ故《ゆえ》に、入《い》れしままにもちまい来《き》て献《たてまつ》りぬ」と答白《もう》しき。ここに豊玉《とよたま》毘売命《びめのみこと》奇《あや》しと思《おも》おして、出《い》で見《み》てすなわち見感《みめ》でて目合《まぐあ》いして、その父《ちち》に「吾《あ》が門《かど》に麗《うるわ》しき人《ひと》います」と白《もう》したまいき。かれ、海神《わたのかみ》自《みず》から出《い》で見《み》て「この人《ひと》は天津日高《あまつひこ》の御子《みこ》、虚空津日高《そらつひこ》にませり」と云《い》いて、すなわち内《うち》に率《い》て入《い》れまつりて、みちの皮《かわ》の畳《たたみ》八重《やえ》を敷《し》き、またきぬ畳《だたみ》八重《やえ》をその上《うえ》に敷《し》きて、その上《うえ》に坐《ま》せまつりて、百取《ももとり》の机代《つくえしろ》の物《もの》を具《そな》えて御饗《みあえ》して、すなわちその女《むすめ》、豊玉毘売命《とよたまびめのみこと》を婚《あ》わせまつりき。かれ、三年《みとせ》というまでその国《くに》に住《す》みたまいき。

〈塩《しお》みつ珠《たま》と塩《しお》ひる珠《たま》〉

ここに火遠理命《ほおりのみこと》、その初《はじ》めの事《こと》を思《おも》おして、大《おお》きなる歎《なげ》き一《ひと》つしたまいき。かれ豊《とよ》玉毘売命《たまびめのみこと》、その歎《みなげ》きを聞《き》かして、その父《ちち》に白《もう》したまわく「三年《みとせ》住《す》みたまえども、恒《つね》は歎《なげ》かすことも無《な》かりしに、今夜《こよい》大《おお》きなる歎《みなげ》き一《ひと》つしたまいけるは、もし何《なに》の由《ゆえ》あるにか」と言《もう》したまえば、その父《ちち》の大神《おおかみ》、その聟夫《むこのきみ》に問《と》いつらく「今旦《けさ》我《あ》が女《むすめ》の語《かた》るを聞《き》けば『三年《みとせ》坐《ま》しませども、恒《つね》は歎《なげ》かすことも無《な》かりしに、今夜《こよい》大《おお》きなる歎《なげ》きしたまいつ』と云《もう》せり。もし由《ゆえ》ありや。またここに到《き》ませる由《ゆえ》はいかにぞ」と問《と》いまつりき。かれ、その大神《おおかみ》に、備《つぶ》さにその兄《いろせ》の失《う》せにし鉤《はり》を罰《はた》れる状《さま》を語《かた》りたまいき。

ここをもちて海神《わたのかみ》悉《ことごと》に海《うなばら》の大小魚《おおきちいさきいお》を召《よ》び集《あつ》めて「もしこの鉤《つりばり》を取《と》れる魚《いお》ありや」と問《と》いたもう。かれ、諸々《もろもろ》の魚《いお》ども白《もう》さく「この頃《ごろ》鯛《たい》なも喉《のど》に鯁《のぎ》ありて、物《もの》得《え》食《く》わずと愁《うれ》い言《もう》せば、必《かなら》ずこれ取《と》りつらむ《ン》」ともうしき。ここに鯛《たい》の喉《のど》を探《さぐ》りしかば、鉤《つりばり》有《あ》り。すなわち取《と》り出《い》でて、清洗《すま》して、火遠理命《ほおりのみこと》に奉《たてまつ》る時《とき》に、その綿津見大神《わたつみのおおかみ》、誨《おし》え曰《もう》しけらく「この鉤《はり》をその兄《いろせ》に給《たま》わん時《とき》に言《の》りたまわん状《さま》は『この鉤《はり》はおぼ鉤《ち》・すす鉤《ち》・まぢ鉤《ち》・うる鉤《ち》』と云《い》いて、後手《しりえで》に賜《たま》え。然《しか》してその兄《いろせ》高田《たかだ》を作《つく》らば、汝《な》が命《みこと》は下田《くぼた》を営《つく》りたまえ。その兄《いろせ》下田《くぼた》を作《つく》らば、汝《な》が命《みこと》は高田《たかだ》を営《つく》りたまえ。然《しか》したまわば、吾水《あれみず》を掌《し》れば、三年《みとせ》の間《あいだ》、必《かなら》ずその兄《いろせ》、貧窮《まずし》くなりなむ《ン》。もしそれ、然《しか》したもう事《こと》を恨怨《うら》みて攻《せ》め戦《たたか》わなば、塩盈珠《しおみつたま》を出《いだ》して溺《おぼ》らし、もし甚《いた》く愁《うれ》い請《こわ》さば、塩乾珠《しおひるたま》を出《いだ》して活《い》かし、かくして惚苦《たしな》めたまえ」と云《もう》して、塩盈珠《しおみつたま》・塩乾珠《しおひるたま》あわせてふたつを授《さず》けまつりて、すなわち悉《ことごと》にわにどもを召《よ》び集《あつ》めて問《と》いたまわく、「今《いま》、天津日高《あまつひこ》の御子《みこ》、虚空津日高《そらつひこ》、上《うわ》つ国《くに》に出《い》で幸《ま》さんとす。誰《たれ》か幾日《いくか》に送《おく》り奉《まつ》りて、覆奏《かえりごともう》さむ《ン》」と問《と》いたまいき。

かれ、各々己《おのもおのも》が身《み》の尋長《ひろたけ》のまにまに日《ひ》を限《かぎ》りて白《もう》す中《なか》に、一尋《ひとひろ》わに「僕《あれ》は一日《ひとひ》に送《おく》りまつりてすなわち還《かえ》り来《き》なむ《ン》」と白《もう》す。かれ、ここにその一尋《ひとひろ》わにに「然《しか》らば汝《なれ》送《おく》り奉《まつ》りてよ。もし海中《わたなか》を渡《わた》る時《とき》に、な惶畏《かしこ》ませまつりそ」と白《もう》す。すなわちそのわにの頸《くび》に載《の》せて返《かえ》しまつりき。かれ、期《ちぎ》りしが如《ごと》、一日《ひとひ》の内《うち》に送《おく》り奉《まつ》りき。そのわに返《かえ》りなんとせし時《とき》に、佩《は》かせる紐小刀《ひもこがたな》を解《と》かして、その頸《くび》につけてなも返《かえ》したまいける。かれ、その一尋《ひとひろ》わにをば、今《いま》に佐比持神《さひもちのかみ》とぞ言《い》うなる。

ここをもちて備《つぶさ》に海神《わたのかみ》の教《おし》えし言《こと》の如《ごと》くして、かの鉤《つりばり》を与《あた》えたまいき。かれ、それより以後《のち》、いよいよ貧《まず》しくなりて、更《さら》に荒《あら》き心《こころ》を起《お》こして迫《せ》め来《く》。攻《せ》めんとする時《とき》は、塩盈珠《しおみつたま》を出《いだ》して溺《おぼ》らし、それ愁《うれ》い請《こわ》せば、塩乾珠《しおひるたま》を出《いだ》して救《すく》い、かくして惚苦《たしな》めたもう時《とき》に、稽首白《のみもう》さく「僕《あ》は今《いま》より以後《のち》、汝《な》が命《みこと》の昼夜《ひるよる》の守護人《まもりびと》となりてぞ仕《つか》え奉《まつ》らむ《ン》」ともうしき。かれ、今《いま》に至《いた》るまで、その溺《おぼ》れし時《とき》の種々《くさぐさ》の態《わざ》絶《た》えず、仕《つか》え奉《まつ》るなり。

〈鵜葺草葺不合命《うがやふきあえずのみこと》〉

ここに海神《わたのかみ》の女《むすめ》、豊玉毘売命《とよたまびめのみこと》、自《みずか》ら参出《まいで》て白《もう》したまわく「妾《あれ》は已《すで》に妊身《はら》めるを、今《いま》産《う》むべき時《とき》に臨《な》りぬ。こを念《おも》うに、天《あま》つ神《かみ》の御子《みこ》を海原《うなばら》に生《う》みまつる可《べ》きにあらず。かれ、参《まい》出《で》到《き》つ」ともうしたまいき。かれ、すなわちその海辺《うみべ》の波限《なぎさ》に鵜《う》の羽《は》を葺草《かや》にして産《うぶ》殿を造《つく》りき。ここにその産殿《うぶや》未《いま》だ葺《ふ》き合《あ》えぬに、御腹《みはら》忍《た》えがたくなりたまいければ、産《うぶ》殿《や》に入《い》り坐《ま》しき。ここに産《う》みまさんとする時《とき》に、その日子《ひこ》に白《もう》したまわく「すべて他《あたし》国《くに》の人《ひと》は、産《う》む時《とき》になれば、本《もと》つ国《くに》の形《かたち》になりてなも産《う》むなる。かれ、妾《あれ》も今本《いまもと》の身《み》になりて産《う》みなんとす。願《ねが》わくは妾《あ》をな見《み》たまいそ」と言《もう》したまいき。

ここにその言《こと》を奇《あや》しと思《おも》おして、その方《まさ》に産《う》みたもうを窃《ひそ》かに伺《うかが》いたまえば、八尋《やひろ》わにに化《な》りて這《は》い委蛇《もこよ》いき。すなわち見《み》驚《おどろ》き畏《かしこ》みて、遁《に》げ退《そ》きたまいき。ここに豊玉毘《とよたまび》売命《めのみこと》、その伺見《かきまみ》たまいし事《こと》を知《し》らして、心恥《うらは》ずかしと以為《おも》おして、すなわちその御子《みこ》を生《う》み置《お》きて「妾《あれ》、恒《つね》は海道《うみつじ》を通《とお》して往来《かよ》わんとこそ欲《おも》いしを、吾《あ》が形《かたち》を伺見《かきまみ》たまいしが、いとはずかしきこと」と白《もう》してすなわち、海坂《うなさか》を塞《せ》きて返《かえ》り入《い》りましき。ここをもちてその産《あ》れませる御子《みこ》の名《みな》を天津日高日子波限建鵜葺草葺不合命《あまつひこひこなぎさたけうがやふきあえずのみこと》と言《もう》す。

然《しか》れども後《のち》は、その伺《かきま》みたまいし情《みこころ》を恨《うら》みつつも、恋《こい》しき心《こころ》に忍《た》えたまわずて、その御子《みこ》を治養《ひた》しまつる縁《よし》に因《よ》りて、その弟《いろと》、玉依毘売《たまよりびめ》に付《つ》けて歌《うた》をなも献《たてまつ》りたまいける。

その歌《うた》、

赤玉《あかたま》は　緒《お》さえ光《ひか》れど　白玉《しらたま》の
君《きみ》が装《よそ》いし　貴《とうと》くありけり

ここにその比古遅《ひこぢ》、答《こた》えたまえる歌《みうた》、

沖《おき》つ鳥《どり》　鴨《かも》どく島《しま》に　我《あ》が率《い》寝《ね》し
妹《いも》は忘《わす》れじ　世《よ》のことごとに

かれ、日子穂穂手見命《ひこほほでみのみこと》は、高千穂宮《たかちほのみや》に五百八十歳《いおちまりやとせ》坐《ま》しましき。御陵《みはか》はやがてその高《たか》千穂《ちほ》の山《やま》の西《にし》のかたに在《あ》り。

この天津日高日子波限建鵜葺草葺不合命《あまつひこひこなぎさたけうがやふきあえずのみこと》、その姨《おば》、玉依毘売命《たまよりびめのみこと》を娶《めと》して、生《う》みませる御子《みこ》の名《みな》は五瀬命《いつせのみこと》。つぎに稲氷命《いなひのみこと》。つぎに御毛沼命《みけぬのみこと》。つぎに若御毛沼命《わかみけぬのみこと》。またの名《みな》は豊御毛沼命《とよみけぬのみこと》。またの名《みな》は神倭伊波礼毘古命《かむやまといわれびこのみこと》。〔四柱《よはしら》〕かれ、御毛沼命《みけぬのみこと》は浪《なみ》の穂《ほ》を跳《ふ》みて常世国《とこよのくに》に渡《わた》り坐《ま》し、稲氷命《いなひのみこと》は妣《はは》の国《くに》として、海原《うなばら》に入《い》り坐《ま》しき。

ことばで聞く
古事記 上巻
「古事記に親しむ」より

平成24年２月19日　初版発行
平成27年８月１日　二版発行
編集
佐久間靖之
素読
高清水有子
企画
一般財団法人日本文化興隆財団
発行者
蟹江磐彦
発行元
株式会社　青林堂
〒150-0002　東京都渋谷区渋谷3-7-6
電話 03-5468-7769
http://www.garo.co.jp

印刷所 株式会社シナノパブリッシングプレス
協力 株式会社スピーチ・バルーン
装丁 有限会社スーパージャム
 ISBN 978-4-7926-0444-8

まんがで読む古事記

1巻～5巻

古事記の入門書に最適！

「まんがで読む古事記 倭建命」

「まんがで読む古事記」より倭建命の説話を抜粋。

漫画界の巨匠、久松文雄がライフワークとして挑む、日本最古の歴史書・古事記のまんが化。
誰にでもわかりやすく、簡単に読める古事記の入門書です。

久松文雄・画

▼定価／各巻933円（税抜）